Zu diesem Buch: Wir schreiben des Jahr 1877: Nach seinem Kreuzfahrtabenteuer hat es Jacques Pistoux an die Gestade Siziliens verschlagen, wo er sehr bald wie ein Fisch im Netz der ortsansässigen Mafiosi zappelt. Eine unselige Fügung des Schicksals spült den Meisterkoch zudem in die Hände des Großgrundbesitzers Don Franco. Kaum ist er im Palazzo des Despoten angelangt, muß er auch schon um sein Leben kochen. Doch Pistoux teilt das Schicksal im goldenen Käfig mit einer schönen Unbekannten, die ebenfalls entführt wurde. So wird ihre gemeinsame Flucht zu einem waghalsigen Wettlauf mit der Zeit.

Wie immer spielt Virginia Doyle souverän mit den Gesetzmäßigkeiten des Genres. In ihrem ersten Kriminalroman «Die schwarze Nonne» (Nr. 43321) erwies sich Monsieur Pistoux als überaus lukullische Reinkarnation von Sherlock Holmes, in ihrem zweiten Abenteuer «Kreuzfahrt ohne Wiederkehr» (Nr. 43352) orientierte sich die Autorin an Wilkie Collins, und diesmal wandelt sie auf den Spuren des schottischen Schriftstellers Robert Louis Stevenson.

Ambitionierte Hobbyköche finden alle Rezepturen des Monsieur Pistoux im Anhang.

Virginia Doyle ∼ Das Blut des Sizilianers∼

Rowohlt Taschenbuch Verlag

rororo thriller
Herausgegeben von Bernd Jost

Originalausgabe
Veröffentlicht im Rowohlt Taschenbuch Verlag GmbH,
Reinbek bei Hamburg, Oktober 1999
Copyright © 1999 by Rowohlt Taschenbuch Verlag GmbH,
Reinbek bei Hamburg
Redaktion Peter M. Hetzel
Umschlaggestaltung: Notburga Stelzer
Illustration: Jürgen Mick
Satz Garamond PostScript (PageOne)
Gesamtherstellung Clausen & Bosse, Leck
Printed in Germany
ISBN 3 499 43356 7

**Für Don Pietro,
der mich nach Sizilien schickte**

Inhalt
1 GESTRANDET 11

2 DIE FISCHER VON TREZZANI 13

3 BESUCH BEI NACHT 20

4 AUF DEM MEER 27

5 DER RÄCHER 33

6 MENÜ À LA PISTOUX 41

7 SPITZEL WIDER WILLEN 52

8 RITT IN DIE BERGE 57

9 DON FRANCOS PALAST 65

10 IM LABYRINTH 73

11 FÜNF GRÄBER 80

12 DER ÜBERFALL 87

13 DAS SEUFZEN IM KAMIN 95

14 DIE SCHÖNE GEFANGENE 100

15 SCHÄFERSTUNDE 108

16 AN DIE ARBEIT! 114

17 RINALDOS RACHE 122

18 DUELL IM DUNKELN 129

19 IM TURM 135

20 DAS PENDEL DES TODES 143

21 DAS TRIBUNAL 147

22 IM VERSTECK DER BANDITEN 159

23 GIACOMOS LIST 165

24 REISE INS UNGEWISSE 176

DAS KOCHBUCH DES

JACQUES PISTOUX 179

ÜBER DIE AUTORIN 197

*«Wenn drei Leute ein Geheimnis
bewahren, sind zwei von ihnen tot.»*

Sizilianisches Sprichwort

I ~ GESTRANDET «Wer sind Sie?»

Sie antwortete nicht. Eine Frau, da war ich mir ganz sicher. Ich spürte ihre kühle Hand, die nach Lavendel und Rosmarin roch, auf meiner heißen Stirn. Ich hörte auf das leise Rascheln ihres Kleides, ihre Schritte, ihren Atem, ihr Seufzen.

Manchmal rochen ihre Kleider nach Sand und Sonne, manchmal nach Meer und Wind, aber ihre Hand duftete immer nach Lavendel und Rosmarin, nur gelegentlich nach Zitrone. Wo war ich? Wie war ich hierher gekommen?

War ich blind?

Sie nahm mir die Augenbinde ab, aber um mich herum blieb es dunkel. Wie immer, wenn sie kam. Die Augenbinde roch nach Kräutern. Dann legte sie mir ein kaltes Tuch auf die Stirn. Ich versuchte, mich zu bewegen und merkte, daß meine Arme und Beine ans Bett gebunden waren. Ich konnte sie ein wenig heben, aber dann wurden sie von Fesseln in ihrer Bewegung gestoppt.

Ganz offensichtlich war ich der Gefangene einer geheimnisvollen Fremden.

Wie lange schon?

«Bitte, sprechen Sie mit mir», stieß ich hervor. Nur dieser kurze Satz kostete mich schon unendlich viel Kraft.

«Schsch ...»

Sie legte einen Finger auf meine trockenen Lippen.

Lavendel und Rosmarin. Zweifellos befand ich mich irgendwo im Süden. War das Meer in der Nähe?

«Ich ...»

«Schsch ...»

Ich versuchte, mich aufzurichten, aber sofort sank ich keuchend und hustend auf meine weiche Bettstätte zurück und rang nach Atem.

Ich war zu schwach, um Fragen zu stellen. Ich spürte noch, wie sie die Augenbinde erneuerte und mir die Lippen mit einem feuchten Schwamm netzte. Es gelang mir, den Mund zu öffnen und die segensreichen kühlen Tropfen aufzufangen.

Mund und Kehle waren rauh und wund. Jeder Tropfen schmerzte, aber ich wußte, daß ich sterben müßte, wenn ich das kostbare Naß nicht schlucken würde.

Erschöpft schlief ich ein.

Sie kam wieder. Diesmal roch sie nach Sonne und strahlte Wärme aus.

Nachdem sie mir die Augenbinde abgenommen hatte, bemerkte ich einige dünne unregelmäßige helle Streifen im Hintergrund. Die Streifen veränderten sich, manchmal verschwanden sie ganz. Es dauerte eine Weile, bis mir klar wurde, daß es sich um Tageslicht handelte, das durch die Ritzen der Fensterläden drang und verdeckt wurde, wenn sie sich davor bewegte. Ich war also nicht blind. Ich seufzte erleichtert.

Dann bemerkte ich, daß man mir die Fesseln an Händen und Füßen abgenommen hatte.

«Bitte», sagte ich, «wo bin ich?»

Schweigend half sie mir, mich ein kleines Stück aufzurichten und stützte mich mit einem Kissen ab. Ich betastete meinen Kopf. Direkt neben dem rechten Auge spürte ich eine breite Narbe. Ich zuckte zusammen. Die Wunde war zwar verheilt, schmerzte aber noch bei der leisesten Berührung.

Ich versuchte, ihre Umrisse im kargen Licht auszumachen, aber es war unmöglich. Vom ständigen Starren begannen meine Augen zu schmerzen. Ich seufzte und schloß sie wieder.

Sie stützte mich ab, so daß ich mich aufrichten konnte. Dann spürte ich etwas Warmes vor meinem Mund. Einen Löffel. Zu meiner großen Freude bemerkte ich, daß ich wieder besser schlucken konnte. Langsam und bedächtig gab sie mir Löffel um Löffel. Eine *Fischsuppe*! Ich schmeckte das Mittelmeer: Meerbarbe, Drachenkopf, Thunfisch, Tomaten, Sellerie, Petersilie, Wein, Knoblauch und Olivenöl. Ich war also nicht weit vom Paradies entfernt.

Nach einigen Löffeln Suppe ächzte ich vor Erschöpfung und sank zurück auf mein Kissen.

Wieder wurde mir die Augenbinde angelegt, aber zum Glück keine Fesseln. Kurz bevor ich wieder in bleiernen Schlaf sank, hörte ich das Quietschen der Türangeln und kurz darauf das Geräusch eines Riegels, der vorgeschoben wurde.

Ich war wieder eingesperrt. Verschollen im Nichts?

~ 2 ~ *Die Fischer von Trezzani*

Als ich erwachte, hörte ich laute Stimmen. Zwei Frauen sprachen im Nebenzimmer. Sie stritten sich. Offenbar war es Nacht. Durch die Fensterläden drang nur ein fahler Schein. Ein schmaler Streifen Licht kroch da, wo offenbar die Tür war, wenige Zentimeter in mein Zimmer hinein.

Die Frauen stritten laut und heftig in einer fremden Sprache. Wo war ich? Was war geschehen?

Ich lag auf der Seite, starrte auf den schmalen Lichtstreifen, hörte wie hypnotisiert auf die unbekannten Laute und erinnerte mich an Bruchstücke eines Lebens, das offenbar mein eigenes war: die blaue Küste des Mittelmeers an der Côte d'Azur, Szenen in einem englischen Landhaus, schwitzende Männer in einer Hotelküche, Männer und Frauen an Bord eines Dampfschiffes, ein Diner, das einer Gerichtsverhandlung glich, mit mir als Koch und Richter in einer Person, eine Explosion, weiße Wolken am Himmel, das unendliche Meer, Fischer in einem Boot, ein riesiger Schwertfisch, der neben mir auf die nassen Planken eines Segelbootes fällt ...

Mein Name ist Jacques Pistoux, ich bin Koch. Ich habe in Restaurants in Frankreich gearbeitet, auf dem Landsitz eines englischen Lords, in einem Londoner Hotel. Ich war Schiffskoch auf einem Raddampfer, auf dem amerikanische Touristen eine Kreuzfahrt über das Mittelmeer machten. Der Dampfer sank. Ich blieb zurück.

Plötzlich spürte ich wieder diesen bohrenden Schmerz an der rechten Kopfseite. Jemand hatte mit einem Revolver auf mich geschossen. Eine Kugel traf mich direkt neben dem Auge. Später erwachte ich und spürte um mich herum nur Wasser. Das Meer umarmte mich, zog mich hinab ...

Mir brach der Schweiß aus. Dann erinnerte ich mich an diese Stimmen, darunter auch die, die ich jetzt dort draußen vor der Tür hörte. Ich stöhnte auf, als mir wieder dieser brutale Schmerz bewußt wurde, den ich gespürt hatte, als sie mich bargen.

Eine unendlich lange Zeit hatte ich auf dem Fischerboot zwischen Netzen und Fischen gelegen. Über mir ein Sonnenschutz aus Segeltuch. Um mich herum schweigende Menschen, deren Gegenwart ich nur erahnen konnte, denn meine Augen versagten mir ihren Dienst.

Wem gehörten die Stimmen dort draußen vor der Tür? Wer hatte mich hergebracht?

Wieso sprachen sie Italienisch? fragte ich mich plötzlich und merkte, wie mein trockener Mund ein Lächeln formte.

Wie dumm war ich doch! Es waren Italiener! Sie sprachen ein eigenartiges Italienisch, es klang nicht so wie das Italienisch, das ich aus Nizza kannte und recht gut verstand. Aber es war diese Sprache, die ich als Franzose, der in Nizza aufgewachsen war, einigermaßen beherrschte. Schließlich war Nizza erst vor einigen Jahren von Italien an Frankreich übergegangen. Vor sieben Jahren. Wir schrieben doch das Jahr 1877?

Zumindest traf mich in diesem Jahr die Kugel eines Verbrechers, den ich gerade überführt hatte. Ich war nicht nur Koch, sondern auch Detektiv auf diesem Dampfer gewesen. Aber das ist eine andere Geschichte.

Mir war heiß unter meiner dünnen Decke. Der Nachtwind blies eine kühle Brise durch die Ritzen der geschlossenen Fensterläden. Ein Hauch von Basilikum wehte zu mir herüber.

Ich richtete mich auf. Es war mühsam. Ein leichter Schwindel erfaßte mich. Mit ungeschickten Händen schob ich die Bettdecke beiseite. Ich trug nichts weiter als ein Nachthemd. Ich tastete mit den Händen nach meinen nackten Beinen, befühlte von unten nach oben meinen ganzen Körper. Bis auf einige verschorfte Stellen und den dicken Verband um meine Brust schien alles in Ordnung zu sein. Vorsichtig schob ich mich Richtung Bettrand und setzte zögernd die Beine auf den Boden. Es fühlte sich nicht kalt an unter meinen Fußsohlen. Kein Steinboden, auch kein Holz. Lehm vielleicht.

Draußen vor der Tür waren die Stimmen leiser geworden. Ich hörte einen monotonen Singsang. Dann das Klappern von Geschirr und Besteck.

Ich rutschte näher an die Wand, bis ich mich abstützen konnte, dann stand ich auf. Ich spürte ein eigenartiges Brausen in meinem Kopf. Wie hypnotisiert richteten sich meine Augen auf den schmalen Lichtstreifen unter der Tür. Meine Beine fühlten sich an, als seien sie aus morschem Holz, die

Knie aus rostigem Eisen. Es war mühsam. In meinem Kopf schien eine schwere Bleikugel hin und her zu rollen.

Ich schaffte es bis zur Tür, obwohl es eine halbe Ewigkeit dauerte, tastete ungeschickt nach der Klinke, bekam sie endlich zu fassen und drückte sie nach unten. Die Tür war schwer und knarrte. Ich zog sie auf, strauchelte, wurde von einem gleißenden Lichtschein erfaßt, der mich blendete.

Dann trat ich wie ein Gespenst in das Zimmer, vier weit aufgerissenen Augenpaaren entgegen, die mich stumm anstarrten.

«Wer seid Ihr?» stieß ich mühsam hervor.

Dann knickten meine Beine ein.

Ein Mann zu meiner Rechten fing mich auf, bevor ich mit dem Kopf auf den Lehmboden schlagen konnte. Er roch nach Lavendel und Rosmarin. Ich kannte diesen Geruch. Doch der Mann war eine Frau! Eine Frau in Männerkleidung.

Sie setzten mich auf einen Stuhl und schoben ihn an den Tisch heran.

Die andere Frau trug ein schwarzes Kleid. Sie sahen sich ähnlich. Die beiden Frauen blickten mich streng an, aus kantigen, von der Sonne gebräunten Gesichtern. Die Frau in den Männerkleidern war die Älteste. Sie trug das Haar kurz geschnitten, und ihr Alter war schwer zu schätzen, vielleicht um die Vierzig. Die andere wirkte weiblicher, nicht nur, weil sie ein Kleid trug. Auch jünger und sanfter. Sie sprach jetzt mit den Kindern, die mit am Tisch saßen, zwei Mädchen von vielleicht acht und zwölf Jahren. Alle hatten tiefschwarze Haare. Die Frau, die wie ein Mann angezogen war, sprach mit rauher Stimme zu mir: «Willkommen im Hause der Callàs, Fremder!»

Ich sah sie erstaunt an: «Wo bin ich?» fragte ich in stockendem Italienisch.

«In Trezzani.»

«Trezzani?»

Ich starrte in ihr wettergegerbtes, faltiges Gesicht und auf den strengen Mund, dem ein herrischer Zug eigen war.

«Wo ist Trezzani?»

«In Sizilien.»

«Wie komme ich hierher?»

Die Frau schüttelte ernst den Kopf: «Ist das nicht seltsam? Wir wissen nichts von dir, aber du stellst Fragen.»

Ich war verwirrt. Ich schämte mich.

«Mena», schaltete sich die andere Frau mit sanfter Stimme ein, «er muß doch erst einmal zu sich kommen. Dann wird er uns sicher erklären, wer er ist.»

«Es wird Zeit, daß wir es erfahren», sagte Mena, «nach all den Wochen, die wir ihn hier pflegen.»

«Wochen?» fragte ich.

«Wer weiß denn, ob er nicht gesucht wird», fuhr Mena fort.

«Wer weiß, ob wir uns nicht in Gefahr begeben haben, als wir ihn aufnahmen.»

«Du hast es 'Ntoni versprochen.»

«Ja», gab Mena mürrisch zu.

«Dann halte dein Versprechen.»

«Schon gut», lenkte die herrische Frau ein. «Du hast ein viel zu weiches Herz, Lia.»

«Nein», sagte Lia. «Aber ich weiß, was sich gehört. Und ich sehe, daß dieser Mann hungrig ist. Wer Hunger hat, kann nicht reden, das weißt du so gut wie ich.»

Sie hatte recht. Mein Magen kurrte laut und vernehmlich. Ich hatte die große Schüssel mit dem Eintopf gesehen, der in der Mitte des Tisches stand. Längst schon war mir der Duft von Auberginen, Sellerie, Tomaten und Oliven in die Nase gezogen. Ein würziger, süß-säuerlicher Geruch.

«Gib ihm von der *Capunata*», befahl Mena.

Lia griff nach der Schöpfkelle.

«Sei nicht böse, Fremder. Sie meint es nicht so.»

Sie schob mir einen Teller zu, auf den sie außerdem ein Stück Brot gelegt hatte.

«Wir sind die Familie Callà», sagte sie dabei. «Das ist Filomena. Ich bin Rosalia. Das sind meine beiden Töchter Betta und Grazia. Unser Bruder, Antonio, ist nicht da. Er hat dich zu uns gebracht.»

Ich starrte sie an, erst ihre herrische Schwester Mena, dann die beiden Mädchen, die die ganze Zeit wie versteinert ihre Löffel in den Händen gehalten hatten, dann das Essen. Eine unglaubliche Gier stieg in mir auf.

«Iß, Fremder», ermunterte mich Lia.

«Mein Name ist Jacques Pistoux», stieß ich hervor, dann begann ich den Eintopf zu verschlingen.

Die Kinder lachten und aßen mit. Die beiden Frauen sahen mir eine Weile lang zu, dann begannen auch sie zu essen. «Nimm ruhig noch mehr, Fremder», sagte Lia, als ich den Teller mit dem Brot abwischte. «Es ist genug da.»

«Er wird sich noch den Magen verderben, Lia!» sagte ihre Schwester.

«Laß ihn doch. 'Ntoni ist doch nicht da.»

«'Ntoni ist nie da. Er wird auch nie mehr da sein», sagte Mena verbittert.

«Er wird kommen. Ich weiß, daß er kommen wird.»

Mena winkte ab: «Du machst dir Illusionen.»

«Wann kommt 'Ntoni zurück?» fragte eines der Mädchen.

«Bald», sagte Lia.

«Still jetzt!» befahl Mena.

Ich sah Lia an und fragte: «Es war Antonio, der mich gerettet hat?»

«Ja.»

«Wann und wo?»

«Vor mehr als einem Monat, weit draußen auf dem Meer.»

«Er ist Fischer?»

Lia zögerte. Dann sagte sie: «Ja.»

Mena warf ihr einen scharfen Blick zu.

«Es war das letzte Mal, daß er rausgefahren ist. Sie haben das Dampfschiff gesehen. Es sank. Sie dachten, sie könnten vielleicht etwas retten. Du warst der einzige Mensch an Bord. Verletzt, fast schon tot. Sie haben dich geborgen.»

«Ich verdanke eurem Bruder mein Leben», stellte ich fest. «Wann kann ich mich bei ihm bedanken?»

«Er wird bald kommen.»

«Wenn er überhaupt kommt.»

«Er hat es versprochen.»

«Er hat schon so viel versprochen.»

Die beiden Frauen blickten sich feindselig an.

Lia war die erste, deren Augen sich abwandten. Sie beugte sich über den Tisch und zog die Schüssel mit dem Eintopf heran und verteilte den Rest.

«Du bist Franzose?» fragte Mena.

«Ja, ich komme aus Nizza.»

«Was hast du auf dem sinkenden Dampfschiff gemacht?»

«Ich war Koch.»

«Was ist passiert? Warum sind alle anderen von Bord gegangen und haben dich zurückgelassen?»

«Sie haben wohl gedacht, ich sei tot.»

«Gab es eine Meuterei?»

«So etwas Ähnliches. Das Schiff hatte wertvolle Fracht. Es wurde geentert, die Ladung gestohlen. Ich weiß nicht genau, was passierte. Jemand hat auf mich geschossen.» Die Mädchen sahen mich mit offenen Mündern an.

«Hört auf, ihn so anzustarren», sagte Mena.

«Wir sind Fischer», sagte Lia.

«Unsere Familie hat immer vom Fischfang gelebt», fügte Mena mit strenger Stimme hinzu, «und so soll es auch bleiben.»

«So soll es bleiben», stimmte Lia zu.

«So soll es bleiben», sagten die beiden Mädchen im Chor.

In diesem Augenblick schlugen schwere Fäuste gegen die Haustür.

«Aufmachen!» rief eine Männerstimme.

Die Mädchen zuckten zusammen und duckten sich. Die beiden Frauen sahen sich an. Sie wirkten nicht erschrocken. Aber in ihren Gesichtern zeichnete sich eine Angst ab, die zur Gewohnheit geworden war.

Lia deutete auf mich: «Ist es nicht besser, wenn wir ihn verstecken?»

Mena schüttelte den Kopf: «Zu spät. Bring ihn ins Bett. Ich rede mit ihnen.»

Wieder donnerten die Fäuste gegen die Tür.

«Heilige Muttergottes», stöhnte Lia.

Mena stand auf.

«Ihr sagt kein Wort!» befahl sie den Kindern.

Sie nickten stumm.

3 ~ BESUCH BEI NACHT

Lia half mir auf und führte mich ins Nebenzimmer, wo sie eine Kerze anzündete und auf den Tisch in der Mitte des Raums stellte. Dabei murmelte sie etwas vor sich hin, das wie ein Gebet klang.

Ich setzte mich erschöpft auf den Rand des Bettes und musterte mit müden Augen den kargen Raum, in dem ich so lange gelegen hatte und der mir jetzt wie ein Gefängnis vorkam.

Lia legte den Zeigefinger an die Lippen und machte mir ein Zeichen, daß ich mich hinlegen sollte. Ich schüttelte den Kopf. Gemeinsam lauschten wir dem, was im vorderen Raum gesprochen wurde.

«Ihr seid es?» rief Mena überrascht aus. «Was wollt Ihr?»

«Eintreten», sagte der Mann.

«Aber wir sind nicht auf Besuch vorbereitet.»

«Das ist kein Besuch.»

«Was wollt Ihr?»

«Nur eintreten.»

«Es ist nicht richtig, daß Ihr zu so später Stunde kommt.»

«Ich habe meine Gründe.»

«Und ich habe meine. Wir sind nur zwei Frauen und zwei Mädchen. Ihr werdet verstehen, daß ich es nicht dulden kann, daß ein Mann mitten in der Nacht hereinkommt.»

«Zwei Frauen und zwei Mädchen und ein Mann», verbesserte der Eindringling.

«Sprecht doch leiser!»

«Dann öffnet mir endlich die Tür.»

Schweigen. Mena schien noch immer zu zögern.

«Es ist besser, wenn ich da bin, wenn sie kommen.»

Wieder Schweigen. Irgendwo schrie ein Esel. Man hörte fernes Hufgetrappel.

«Da hört Ihr es», sagte der Mann.

«Kommt herein!» sagte Mena barsch.

Lia, die während des Gesprächs zur Tür meines Krankenzimmers geschlichen war, um besser horchen zu können, schob die Tür vorsichtig zu und blieb unschlüssig neben dem Tisch stehen.

Ich sah sie fragend an. Sie machte eine hastige Geste, ich solle mich ins Bett legen.

«Du bist sehr krank», sagte sie. «Du kannst mit niemandem sprechen.»

Ich nickte, legte mich hin und zog die dünne Decke über mich, obwohl mir plötzlich sehr heiß war.

Lia löschte die Kerze, blieb aber neben dem Tisch stehen. Durch die leicht geöffnete Tür drang genug Licht, um ihre Silhouette zu erkennen. Eine zarte, zerbrechliche Frau. Leicht gebeugt stand sie da und lauschte.

Wir hörten, wie die Haustür ins Schloß fiel. Schritte, Stühlerücken. Der ungebetene Besucher wurde von den beiden Mädchen begrüßt.

«Wo ist Lia?»

«Ich gehe sie holen.»

Die Tür wurde aufgeschoben, und die beiden Frauen flüsterten miteinander.

Dann stand plötzlich der Mann hinter ihnen, in der Hand einen Leuchter. Als ich seinen sich nähernden Schatten bemerkte, schloß ich die Augen, stellte mich schlafend. «Zeigt mir euer Geheimnis», sagte der Mann.

Ich hörte am Rascheln der Kleider, daß er sich an den beiden Frauen vorbeidrängte. Am Lichtschein, der auf meine geschlossenen Lider fiel, bemerkte ich, daß er sich neben das Bett gestellt hatte und mich ansah.

«Aber das ist ja gar nicht 'Ntoni», rief er überrascht aus.

«Nein», sagte Mena, «wie kommt Ihr denn darauf?»

«Wer ist das?»

«Ein Kranker.»

«Macht endlich den Mund auf, wenn Ihr wollt, daß ich Euch helfe.»

«Ein Schiffbrüchiger», sagte Mena.

«Ein Franzose», sagte Lia.

«Franzose?» fragte der Mann. «Woher wißt Ihr das? Habt Ihr schon mit ihm gesprochen?»

«Er redet im Schlaf», sagte Mena.

«Ihr habt ihn am Strand gefunden?»

«Auf See.»

«Auf einem Schiff.»

«Ein Dampfschiff. Es ging gerade unter.»

«Er war doch nicht allein?»

«Nur er befand sich an Bord.»

«Die Ladung?»

«Es gab keine mehr.»

«Piraten? Meuterei?»

«Vielleicht.»

Der Mann lachte heiser: «So eine Geschichte glaubt euch keiner.»

«Laßt ihn schlafen», bat Lia. «Er ist sehr krank.»

«Ich finde, er sieht recht kräftig aus.»

«Seid still!» zischte Mena.

Der Lichtschein flackerte über meine Augenlider.

Und wieder donnerten Fäuste gegen die Tür.

«Seht Ihr», sagte der Mann, «ich hatte recht.»

«Ihr nutzt unsere Lage schamlos aus, Don Franco», flüsterte Mena.

«Ich biete euch nur meine Hilfe an.»

Der Lichtschein verschwand, die Tür wurde geschlossen. Mühsam kroch ich wieder aus dem Bett und stolperte durch das dunkle Zimmer zur Tür. Ich horchte. Meine Knie zitterten vor Schwäche. Das Essen lag mir schwer im Magen.

Diesmal waren es mehrere Personen. Dem Lärm nach zu urteilen, den sie auf dem Lehmboden verursachten, trugen sie Stiefel.

«Nanu? Don Franco?» hörte ich eine andere männliche Stimme.

«Signore Capitano, was führt Euch denn zu so später Stunde ins Haus dieser zwei Damen?»

«Das möchte ich Euch fragen.»

Don Franco lachte scheppernd: «Ich bin ein Freund des Hauses.»

«Seid Ihr denn krank?»

«Wie meint Ihr das?»

«Es heißt im Dorf, ein Kranker sei hier aufgenommen worden.»

«Ihr seht mich in bester Verfassung, Signore Fortunato.»

«Ich sehe, ich sehe. Das freut mich natürlich, beantwortet aber nicht meine Frage.»

«Ihr habt mich gefragt, ob ich krank sei.»

«Ganz recht.»

«Ich wiederhole, mir geht es ausgezeichnet.»

«Wo ist dann der Kranke?»

«Aber Signore Fortunato, Ihr glaubt doch nicht etwa, daß Euch jemand etwas vorenthalten möchte.»

«Wenn Ihr nicht wärt, würde ich das Haus durchsuchen lassen.»

«Seid Ihr etwa in dieser Absicht gekommen?»

«Ja.»

«Ihr könnt beruhigt wieder gehen. Ich habe Euch die Arbeit bereits abgenommen.»

Schweigen. Dann gab der Capitano einen kurzen Befehl, und ich hörte, wie die Männer mit den Stiefeln nach draußen gingen. Die Haustür wurde wieder verschlossen.

«Ihr solltet die Kinder zu Bett bringen.»

«Ja, Don Franco.» Menas Stimme.

Schritte und Getrappel ins Nebenzimmer.

«Zwei unserer Männer sind erschossen worden», sagte der Capitano.

«Ich weiß, Signore Fortunato.»

«Aber meine Männer haben auch zwei von ihnen erwischt.»

«Ich habe davon gehört.»

«Einer ist verwundet worden und flüchtete ins Dorf.»

«Tatsächlich?»

«Ihr habt nichts davon gehört, Don Franco?»

«Hier und da eine Andeutung, mehr nicht.»

«Wie Ihr wißt, gibt es gute Gründe zu vermuten, daß der Flüchtende hier Unterschlupf gefunden hat.»

«Das ist ganz und gar unmöglich, Signore Fortunato.»

«Wir könnt Ihr da so sicher sein?»

«Die Callàs müssen einen kranken Mann pflegen. Sie haben keinen Platz für einen zweiten.»

«Woher kommt denn dieser Kranke? Aus den Bergen?»

«Im Gegenteil, Signore Fortunato. Sie haben ihn aus dem Meer gefischt.»

«Die Fischerin hat einen Mann aus dem Meer gefischt?»

Don Franco lachte: «Ganz recht. Ich finde das auch sehr amüsant.»

«Seid Ihr sicher, daß Euch niemand einen Bären aufgebunden hat?»

«Aber Signore Fortunato, wollt Ihr mich beleidigen?»

«Nichts läge mir ferner. Ihr seid also ganz sicher?»

«Aber ja, es handelt sich um einen Schiffbrüchigen. Womöglich ist er sogar in die Hände von Piraten gefallen. Er ist sehr krank.»

«Piraten?»

«Wir leben in unsicheren Zeiten, Signore Fortunato.»

«So scheint es.»

«Zum Glück gibt es die Polizei.»

«Ja.»

«Auf Wiedersehen, Signore Fortunato.»

«Gute Nacht, Don Franco, ich danke Euch für Eure Offenheit.»

«Keine Ursache. Es ist mir stets eine Ehre, den Kommandanten der Polizei bei seiner Arbeit unterstützen zu dürfen.»

Schritte aus dem Nebenzimmer.

«Ist er wieder weg?» fragte Mena.

«Ja. Seid Ihr jetzt enttäuscht?»

«Danke.»

«Ihr wißt ja, wie Ihr mir danken könnt, Fischerin.»

«Ja.»

«Gute Nacht.»

Nachdem die Tür hinter Don Franco ins Schloß gefallen war, stieß Mena einen lauten Fluch aus.

«Wir hätten uns sehr gut selbst helfen können», sagte sie und wiederholte noch einmal: «Wir hätten uns sehr gut selbst helfen können!»

Das war der Moment, wo meine Beine mir ihre Dienste versagten und ich zu Boden fiel.

Sie stürzten ins Zimmer, hoben mich auf und trugen mich schweigend zurück ins Bett.

Trotz dieses Zwischenfalls erholte ich mich schnell. Schon wenige Tage später stand ich in der Küche des kleinen Hauses und ließ mich von Lia in die Geheimnisse der sizilianischen Kochkunst einweihen.

∽ 4 ∼ *AUF DEM MEER* Zwei Stunden vor Sonnenaufgang war es soweit. Ich hatte Lia gebeten, mich rechtzeitig zu wecken. Endlich fühlte ich mich kräftig genug, die Frauen, die mich so fürsorglich bei sich aufgenommen hatten, tatkräftig zu unterstützen.

Die Nacht war klar, der Himmel von Sternen übersät. Ich lief zusammen mit der schweigenden Lia durch die engen Gassen von Trezzani, hinunter zum Hafen. Hin und wieder klopfte jemand an eine Tür, und kurz darauf trat eine weitere dunkle Gestalt aus einem Hauseingang, murmelte knapp und undeutlich Worte des Grußes und machte sich ebenfalls auf den Weg.

Unten am Hafen hoben sich die Silhouetten der Fischer vor dem Hintergrund des Himmels und des unwirklich glänzenden dunklen Meeres ab. Mena war schon eine Stunde früher aufgebrochen, um die Netze zu kontrollieren. Ihr Boot lag abseits von den anderen, und sie war allein.

«Was wollt ihr hier?» fragte sie barsch, als sie uns bemerkte.

«Er wollte, daß ich ihn herbringe», sagte Lia.

«Warum?»

«Er ...» Lia sah zu Boden.

«Ich möchte mitfahren», unterbrach ich sie.

«Unsinn», sagte Mena.

«Ich werde mitfahren», beharrte ich.

«Bist du Fischer? Weißt du, wie man mit einem Netz umgeht?»

«Nein, aber ich werde es lernen.»

Menas Augen blitzten. Dann wandte sie sich wieder ihrem Netz zu, das sie mit präzisen Handbewegungen in eine Tonne legte.

«Nichts wirst du lernen», murmelte sie.

Lia stand unschlüssig neben uns.

«Geh ruhig», sagte ich zu ihr. «Wir werden uns schon einig.»

Mena sah nicht auf, als ihre Schwester mit leisen Schritten über den Kiesstrand davonging.

«Du kannst deine Arbeit nicht allein machen.»

«Was weißt du schon davon.»

Bis vor zwei Tagen war Mena mit einem alten Mann hinausgefahren. «Der alte Vanni» war der einzige gewesen, der eine Frau mit aufs Meer nehmen wollte. «Aber nur die Mena», hatte er immer gesagt, «mit der Mena ist das was anderes». Die anderen Fischer hatten nur den Kopf geschüttelt, aber stillschweigend akzeptiert, daß Mena mit dem alten Vanni hinausfuhr. Mit Mena wollte sich niemand anlegen. Es hieß, sie habe einmal einen jungen Burschen so heftig geschlagen, daß er das Bewußtsein verlor. Niemand wollte ihr in die Quere kommen, vor allem weil sie bei einem Streit immer die besseren Argumente hatte.

Nun war der alte Vanni von einem schlimmen Gichtanfall heimgesucht worden und mußte das Bett hüten. Da Mena sich verpflichtet fühlte, seit dem Tod der Männer und dem Verschwinden des Bruders 'Ntoni für die Familie zu sorgen, trug sie Hosen und war mit dem alten Vanni ins Geschäft gekommen. Natürlich hatten sie beim Fischen nicht genau soviel Erfolg wie die anderen, besser bemannten Boote, aber sie konnten sich ernähren.

Aber ganz allein hinauszufahren und die Netze auszuwerfen war unmöglich. Mena wußte das ebenso gut wie ich. Deshalb war ich mir sicher, daß sie mein Angebot akzeptieren würde. Sie wußte auch, daß ich ein Recht darauf hatte, meine Schuld der Familie gegenüber zu begleichen. Also schoben wir das Boot ins Wasser, setzten die Segel, und Mena übernahm das Ruder.

Später, als die Sonne aufging, reichte mir Mena mit der leichten Andeutung eines Lächelns die Weinflasche. Wir sprachen nicht. Um das Boot herum schwammen die Netzkorken und tanzten auf den sanften Wellen auf und ab. Ab und zu sprang eine übermütige Meeräsche aus dem Wasser und platschte wieder zurück.

«Das Meer ist unerbittlich, und der Seemann stirbt auf dem Meer». Dieses Sprichwort kam mir in den Sinn, als wir dort draußen auf See warteten. Es war der einzige Kommentar, den Mena und Lia zu dem Verschwinden ihrer Männer abgegeben hatten.

Die Dünung wurde unruhiger. Irgendwann sanken die Korken unter den Wasserspiegel, und dann war es Zeit, die Netze einzuholen. Sie wimmelten von Fischen, deren silbrige Leiber in der Sonne glitzerten.

Wir fuhren zurück. Nach unserer Ankunft am Strand klaubten wir die Fische aus den Netzen und warfen sie in Holzkisten, die von einem Händler abgeholt wurden, der Mena nur halb so viel bezahlte wie den anderen Fischern, wie sie mir verbittert erzählte.

«Immerhin war es ein guter Fang», sagte ich, um sie zu trösten.

«Wenn sie mich nur bei der Tonnara mitmachen lassen würden», sagte Mena verbissen. «Dann hätten wir unsere Schulden bald bezahlt.»

Die «Tonnara» war die Thunfischjagd. Dabei wurden die riesigen Fische in eine flache Bucht getrieben, deren Ausgang anschließend versperrt wurde. Danach begann das Abschlachten mit Harpunen, Haken und Beilen. Das Wasser der Bucht verfärbte sich rot vom Blut der riesigen Fische, die verzweifelt um ihr Leben kämpften, aber keine Chance hatten.

Ich erklärte Mena, daß ich gerne auf eine Beteiligung an

diesem Gemetzel verzichten könnte. Sie lachte verächtlich und meinte nur: «Du bist eben kein Fischer und vor allem kein Sizilianer. Du verstehst das nicht. Es ist schön, dabei zu sein.»

«Alle großen Fische bleiben bei Seegang unter Wasser und lassen sich nicht sehen», zitierte ich ein Sprichwort, das ich aufgeschnappt hatte.

Mena sah mich mit zusammengekniffenen Augen an. Sie war eine Frau von Charakter, und wenn man genau hinsah, konnte man in ihrem Gesicht eine herbe Schönheit ausmachen.

Gegen Mittag brannte die Sonne unerträglich heiß auf uns nieder. Wir waren froh, in die Schattenwelt der engen Gassen von Trezzani eintauchen zu können.

Lia hatte die *Spaghetti mit gebackenen Auberginen* schon vorbereitet. Wir aßen mit großem Appetit, tranken ein bißchen Rotwein dazu. Müdigkeit machte sich breit. «Hat sich dein neuer Helfer bewährt», fragte Lia mit einem schüchternen Lächeln.

Mena zuckte mit den Schultern.

«Wir könnten ein paar kräftige Hände gebrauchen», sagte Lia und senkte den Blick.

«Er wird nicht für immer bei uns bleiben, Lia!»

Lia sah mich traurig an und nickte.

«Jeder geht dahin, wohin es ihn zieht, und der Wolf zu den Schafen», half ich mir mit einem weiteren Sprichwort aus der Verlegenheit. Jeder in Trezzani benutzte gern Sprichwörter. Also tat ich es auch. Die Menschen hier kommunizierten lieber auf indirekte Weise miteinander. Nach dem Essen standen wir auf und zogen uns zurück, um auszuruhen.

Am Nachmittag beschäftigten sich Lia und ihre Töchter damit, Gemüse für den Winter zu trocknen. Mena war unterwegs, und niemand wußte, wohin sie gegangen war. Ich half beim Einkochen von Tomatensauce und dem Einsalzen der Sardellen.

Gegen Abend füllten sich die Gassen wieder mit Menschen. Das ganze Dorf schien sich vor den Häusern zu versammeln. Männer und Frauen schlenderten umher und blieben mal hier mal da stehen, um mitzureden.

Mena kam zurück. Sie schien wieder besser gelaunt zu sein. «Heute abend werden wir feiern», sagte sie.

Die Mädchen klatschten begeistert in die Hände: «Wir gehen auf die Piazza, wir gehen auf die Piazza!»

Mena brachte sie mit einer Armbewegung zum Schweigen.

«Nein», sagte sie, «wir gehen nicht auf die Piazza.»

«Aber alle werden da sein», jammerten die Mädchen.

«Wir werden zu Hause essen.»

«Zu Hause?» schaltete Lia sich ein. «Ein Festessen, aber ...»

«Ja, es wird ein Fest!» Menas Augen leuchteten.

«Wirklich?» fragte Lia.

«Ja.»

«Gut. Dann werden wir feiern.»

Ich verstand nicht, was das alles bedeutete, stimmte aber zu, als Lia mich fragte, ob ich ihr bei den Vorbereitungen helfen wolle.

Kurz darauf war sie unterwegs, um die noch fehlenden Zutaten für unser Festmahl zu besorgen.

Ich machte mich schon mal daran, *Zwiebeln und Tomaten* vorzubereiten, die mit verschiedenen Zutaten gefüllt werden sollten. Die Mädchen halfen mir, drehten das Fleisch durch den Fleischwolf, filetierten die eingelegten Sardellen und pflückten die Basilikumblätter von einem der vielen Büsche, die in den Kästen vor den Fenstern wuchsen. Dann schärfte ich ein Messer und begann, den *Sardinen*, die wir für unseren eigenen Bedarf zurückbehalten hatten, die Köpfe abzuschneiden. Dann nahm ich sie aus und schnitt sie in Stücke, die die Mädchen dann ins heiße Olivenöl warfen. Lia kam zurück und legte ein frisch geschlachtetes Zicklein auf den Küchentisch. Ich begann sofort damit, das Tier zu zerteilen, denn es sollte ein *Ziegenragout mit Zitrone* zubereitet werden.

Währenddessen begann Lia, mit flinken Händen ein *Gelee aus Melonen* herzustellen.

Mena hatte einige Flaschen Wein hereingebracht und deckte den Tisch.

Dann wurden die Mädchen hübsch gemacht. Später, als alles getan war, saßen wir vor den leeren Tellern am Tisch und warteten.

Es war bereits spät, aus den anderen Häusern wehte der Essensduft zu uns herüber, unsere Mägen knurrten, aber nicht einmal eine Olive durfte angerührt werden. Die Mädchen verzogen gelangweilt die Gesichter und scharrten mit den Füßen auf dem Boden, und ich fragte mich, was dies eigentlich sollte.

Immer wieder bemerkte ich, wie Lia und Mena zur Haustür blickten. Daß jemand erwartet wurde, war klar, denn ein Gedeck war überzählig. Aber wer? Wer würde dort durch die Tür treten? Und wann war es endlich soweit?

Immer wieder liefen die Frauen hin und her, zupften an der Tischdecke, schoben Teller und Schüsseln hin und her. Ihre Röcke raschelten, und die Zeit stand still.

Tatsächlich kam er nicht durch die Vordertür, sondern durch den Garten. Heimlich und auf leisen Sohlen wie ein Dieb in der Nacht traf Antonio Callà, von seinen Schwestern und Nichten liebevoll 'Ntoni genannt, zum Abendessen ein.

∽ 5 ∾ DER RÄCHER   Dann stand er vor uns, ein stattlicher Mann in der Kleidung eines Schäfers. Was ihn allerdings von einem Schäfer unterschied, war der Patronengurt, den er um die Hüften trug, und der großkalibrige Revolver, der im Halfter steckte. Beides war unter einem dunklen Umhang verborgen, den er sich umgeworfen hatte, und den er jetzt mit lässiger Geste auf einen Stuhl warf.

Mir kam es so vor, als wären beide Schwestern, Mena genauso wie Lia, beim Anblick des Bruders erstarrt. Sie standen einfach da und sahen ihn bewundernd an. Gleichzeitig hatte ich das Gefühl, daß beide horchten, ob sich draußen in der Gasse oder irgendwo hinter dem Haus etwas Verdächtiges regte, etwas Bedrohliches ankündigte, ein Unheil sich zusammenbraute.

Der große junge Mann lächelte, als er die beiden so vor sich stehen sah und trat zu ihnen, um jeder einen Kuß auf die Wange zu geben. Dann wandte er sich den beiden Mädchen zu, die schon leise zu lachen begonnen hatten und verteilte schmatzende Küsse und strich ihnen übers Haar. Schließlich drehte er sich um, sah mich aus blitzenden dunklen Augen an und fragte Mena beinahe herrisch: «Wie geht es ihm?»

«Gut, er ist fast wieder gesund.»

«Ich bin gesund», sagte ich, aber niemand hörte auf mich.

«Was ist mit der Schußwunde?»

«Sie ist gut verheilt. Er kann sogar arbeiten.»

«Gut.»

«Er ist mit mir hinausgefahren. Er ist zwar kein Fischer, aber er ist mir gut zur Hand gegangen.»

«Gut. Aber er wird bald gehen müssen.»

«Ja, er wird bald gehen.»

Mir gefiel ganz und gar nicht, daß sie über mich sprachen, ohne mich zu beachten, und meldete mich wieder zu Wort:

«Ich kann sehr gut für mich selbst sprechen.»

«Was habt ihr gefangen?» fragte Antonio, ohne mich eines Blickes zu würdigen.

«Sardinen, Sardellen, Meeräschen.»

«Kleine Fische.»

«Ja.»

«Es wäre besser, ihr hättet Schwertfische gefangen.»

«Du weißt doch selbst, daß das nicht möglich ist ohne dich.»

«Es wäre besser gewesen, du hättest nie mit dieser Männerarbeit angefangen.»

«Aber du hast mich doch gelobt, daß ich wie Vater mit den Netzen umgehen könnte.»

«Ja, aber es ist trotzdem falsch.»

«Sie nennen mich jetzt die Fischerin. Noch lachen sie hinter meinem Rücken, aber sie werden bald Respekt vor mir haben.»

«Ich hätte dich nie mitnehmen sollen.»

«Doch, es war richtig», beharrte Mena. «Wie sollen wir denn sonst leben, solange du in den Bergen bist?»

«Wir werden einen Weg finden.»

Lia rang die Hände. Offenbar fürchtete sie, daß das Gespräch in einen Streit münden könnte.

«Willst du dich nicht setzen, 'Ntoni?» fragte Lia.

«Ja, 'Ntoni, setz dich zu uns», rief eines der Mädchen.

«Das Essen», sagte Lia.

Antonio wandte sich abrupt von Mena ab und ging zum Tisch. Er kniff die Mädchen in die Wangen und setzte sich dann rittlings auf einen Stuhl, um weiter mit ihnen zu scherzen.

Mena bedeutete mir, mich ebenfalls zu setzen. Auch sie nahm Platz. Lia brachte das Essen aus der Küche.

Nachdem er die Kinder mehrmals zum Lachen gebracht hatte, blickte er auf, nickte mir zu und sagte mit einem geradezu entwaffnenden Lächeln: «Du bist Franzose?»

«Ja.»

«Du heißt Jacques?»

«Ja.»

«Ich bin Antonio, das Familienoberhaupt der Callàs.»

Er reichte mir die Hand über den Tisch hinweg.

«Wir hier sind die Callàs», fuhr er fort. «Alle, die übriggeblieben sind.»

«Ich möchte mich für die Gastfreundschaft bedanken. Und dafür, daß Ihr mir das Leben gerettet habt.»

Er nickte knapp.

Dann begannen wir mit dem Essen und schwiegen eine Weile. Antonio lobte die Speisen.

«Jacques hat mitgeholfen», sagte Lia.

«Sie erlernen wohl alle Berufe mit Leichtigkeit?» fragte Antonio leicht spöttisch.

«Nein, als Fischer tauge ich nicht viel. Aber ich bin Koch.»

«Koch? Als Beruf?»

«Ja.»

«Einer, der für die reichen Leute kocht, in einem Restaurant?»

«Ja, so einer.»

«So jemanden gibt es hier nicht in Trezzani. Wir haben eine Kneipe, wo man trinken kann. Ich habe gehört, daß reiche Leute eine Köchin im Haus haben. Hier bei uns ist Kochen die Aufgabe der Frauen.»

«In den Restaurants und Hotels, in denen ich gearbeitet habe, kochen Männer.»

Antonio schüttelte verwundert den Kopf: «Also ist es ein Beruf wie Fischer oder Hirte oder Bäcker?»

«Ich glaube, man sollte es als Handwerk verstehen.»

Antonio lächelte verschmitzt: «Siehst du, Lia, du hast einen Beruf, obwohl du es gar nicht weißt.»

«Was ist komisch daran», fragte Lia gereizt. «Ich habe Arbeit, das genügt.»

Ich nutzte die Gesprächspause, die entstanden war, und fragte beiläufig: «Und du? Was bist du?» Ich deutete auf seine Kleidung: «Doch wohl nicht Hirte?»

Er lachte: «Nein, kein Hirte.» Seine Miene verfinsterte sich: «Ich bin nichts.»

«Du warst Fischer, und du wirst immer Fischer bleiben!» sagte Mena.

«Ob ich jemals wieder als freier Mann aufs Meer hinausfahren kann ...»

Die drei erwachsenen Callàs schwiegen und sahen vor sich auf den Tisch. Die Mädchen hatten nicht richtig zugehört. Die Ältere der beiden sagte: «Ja, 'Ntoni, wieso fährst du nicht mehr aufs Meer?»

«Seid ruhig, Kinder», sagte Mena.

«Du hast doch selbst gesagt, daß du nicht so viele Fische fängst wie 'Ntoni», fuhr das Mädchen fort.

«Seid ruhig, Kinder, fragt nicht soviel», sagte Lia.

«Eßt», sagte 'Ntoni.

«Nur wenn du versprichst, daß du bald wiederkommst.»

Antonio seufzte: «Ich komme immer wieder», sagte er.

«Wir brauchen einen Vater», erklärte mir das kleinere Mädchen mit treuherzigem Blick: «Weil unser Vater im Meer ertrunken ist und der Mann von Mena auch.»

«Schsch, eßt jetzt!»

Nach dem Dessert wurden die Kinder ins Bett gebracht. Während die Frauen den Tisch abräumten und in der Küche abwuschen, blieb ich mit 'Ntoni am Tisch sitzen. Lia brachte uns Kaffee und Schnaps. 'Ntoni holte eine Pfeife heraus und rauchte.

«Du wirst bald gehen müssen», sagte 'Ntoni. «Lange wird deine Anwesenheit hier im Haus nicht mehr geduldet.»

«Wer will das nicht dulden?»

«Brasi Fortunato, der Capitano.»

«Was hat er gegen mich?»

«Er denkt sicherlich, du gehörst zu mir.»

«Was wäre daran so schlimm?»

«Ich bin Bandit.» Er sah mich aus seinen dunklen Augen direkt an.

«Bandit?»

«Hast du Angst?»

«Du hast mir das Leben gerettet, warum sollte ich also Angst vor dir haben.»

Er lachte und blies den Tabakrauch über den Tisch: «Das ist wahr.»

«Wolltet ihr das Schiff kapern, auf dem ich mich befand?»

Er lachte wieder, hustete und sagte: «Nein. Als wir das sinkende Schiff entdeckten, war ich noch kein Bandit. Da war ich noch ein einfacher Fischer aus Trezzani.»

«Zusammen mit den Männern von Mena und Lia?»

Sein Blick verdüsterte sich: «Nein. Bruno und Croce sind schon länger tot. Sie sind in einem Sturm umgekommen, als sie mit einem Boot voller Blumen nach Palermo unterwegs waren, um sie auf dem Markt zu verkaufen.» Dann fügte er zerknirscht hinzu: «Sie hatten die Blumen auf Kredit gekauft.»

«Das tut mir leid.»

«Seitdem ist viel passiert, zu viel.»

«Du siehst nicht gerade so aus, wie ich mir einen Banditen vorstelle», sagte ich.

Er lachte trocken: «Die meisten von uns sehen nicht so aus. Wir wurden ja nicht als Banditen geboren. Und es ist auch nicht so, daß wir die kargen Berge über alles lieben.»

«Ich verstehe.»

Plötzlich wurde er laut: «Nein! Du verstehst gar nichts!» Er schlug mit der Faust auf den Tisch. «Dieser Wucherer Santoro ist an allem schuld! Er hat uns ins Unglück getrieben!»

Mena war aus der Küche getreten und legte den Zeigefinger auf die Lippen: «'Ntoni! Schsch ...»

«Ja», sagte er unwirsch und machte eine hilflose linkische Handbewegung.

Ich sah ihn an und schwieg. Auf seinem Gesicht entdeckte ich Sorgenfalten, die wie frische Spuren eines gerade stattgefundenen Unglücks aussahen.

«Dieser Wucherer Santoro ...» wiederholte Antonio. «Er hat uns alle auf dem Gewissen.» Er sah mich an und lächelte traurig: «Du bist von den falschen Leuten gerettet worden. Die Callàs sind auf dem absteigenden Ast.»

«Vielleicht werdet ihr es schaffen. Vielleicht braucht ihr nur etwas Zeit, um wieder auf die Beine zu kommen», gab ich zu bedenken.

«Ach was! Der Capitano will mich tot sehen. Und wer weiß, vielleicht hat er ja recht damit. Vielleicht bin ich ein Verbrecher ...»

«Schulden kann man zurückzahlen.»

«Ich nicht. Diese Schuld ist nicht mehr zu begleichen.»

«Das gibt es nicht.»

«Doch. Santoro wird unser Geld nie bekommen!»

«Warum nicht?»

«Weil ich ihn erschlagen habe, deshalb.»

Ich sah ihn erschrocken an und wußte nicht, was ich darauf sagen sollte.

Antonio schüttelte den Kopf: «Das kannst du nicht verstehen. Du kannst nicht verstehen, wie ich mich gefühlt habe, als dieser Schuft sofort nach der Totenmesse für Bruno und Croce sein Geld zurückverlangte. Und sich weigerte, die anderen Schulden zu stunden. Und triumphierend erklärte, er habe einige Schuldscheine weiterverkauft, um sein Geschäftsrisiko gering zu halten ...» Er hielt inne und atmete schwer.

«Du hast ihn vor der Kirche erschlagen?»

«Mit meinen bloßen Fäusten.» Er blickte auf seine großen, von schwerer Arbeit gezeichneten Hände, die vor ihm auf dem weißen Tischtuch lagen. Er schluchzte kurz, atmete tief durch und sah wieder auf.

«Vielleicht findest du einen verständnisvollen Richter ...»

«Ha!»

«Vielleicht würden sie dir eine Chance geben ...»

«Der Capitano wird mich töten. Filippo Santoro war sein Schwager.»

«Aber das Gesetz!»

«Das Gesetz ist dem Capitano egal. Das weiß hier jeder.»

Plötzlich hörten wir einen lauten Schrei, der in einem erstickten Gurgeln endete. Wir sprangen auf und starrten erschrocken zur Küchentür, wo Lia und Mena erschienen, beide an den Armen gefaßt von zwei finster dreinblickenden Carabinieri. Sie schoben die beiden Frauen unsanft ins Zimmer. Ich warf Antonio einen kurzen Blick zu. Er hatte den Revolver gezogen. Seine Lippen bebten. Er war blaß geworden.

Hinter den Polizisten erschien ein dritter Mann. Er grinste hämisch.

«Brasi Fortunato!» Antonio hob seinen Revolver.

«'Ntoni, nicht!» rief Lia.

Antonio zielt auf den Capitano. Jetzt zitterten seine Lippen nicht mehr.

«Vielen Dank für das Geständnis, 'Ntoni», sagte Fortunato und leckte sich die Lippen. «Meine Männer und deine Frauen und der Fremde da geben wirklich hervorragende Zeugen ab. Ich muß dich nicht erschießen. Der Richter wird dich dem Henker übergeben. Warum soll ich mir die Hände schmutzig machen.»

Fortunato blieb so stehen, daß er von den Frauen und von seinen Männern verdeckt wurde. Es war unmöglich für Antonio, ihn in dieser Situation zu treffen.

«'Ntoni», sagte Mena gefaßt. «Stürz uns nicht ins Unglück.»

Der Angesprochene lachte bitter: «Ich soll nicht ... sind wir denn nicht schon ...»

«'Ntoni», sagte Mena beschwörend.

«Laß die Waffe fallen, Callà», sagte der Capitano, «sonst gibt es ein Unglück.»

Der Revolver in Antonios Hand zitterte.

Mir wurde schwindelig.

«'Ntoni! Denk an die Kinder», sagte Mena.

«Wir werden alle sterben», murmelte Antonio fast unhörbar. Ich merkte, wie meine Knie weich wurden.

«Signore Capitano», sagte ich, «ich bin krank, darf ich mich setzen?»

«Nein!»

Aber es war zu spät. Ich taumelte, griff nach dem Stuhl, erwischte nur das Tischtuch, fiel zur Seite, spürte wie ich die Decke und das übrig gebliebene Geschirr mitriß, und fiel zu Boden.

In dem Moment, als mein Kopf auf den Lehmboden knallte, krachte ein Schuß, dann noch einer. Es war ein ohrenbetäubender Lärm. Ich hörte Geräusche von Kämpfenden, erstickte Laute, Röcheln und Schmerzensschreie.

Der Tisch über mir kippte um, eine umgefallene Kerze entzündete das Tischtuch. Ich spürte, wie ich mir die Hand verbrannte.

Dann hörte ich den Schrei des Capitano: «Er ist fort. Ihm nach! So lauft doch!»

Ich rollte zur Seite, richtete mich mühsam auf und stützte mich auf die Ellbogen.

Die beiden Carabinieri lagen auf dem Boden und stöhnten. Hinter ihnen kniete Fortunato und schlug wütend mit den Fäusten auf sie ein. Doch sie konnten sich nicht aufrichten. Antonio hatte ihnen in die Beine geschossen. Lia und Mena eilten nach hinten, um die Kinder zu beruhigen.

Fortunato fluchte vor sich hin, die Schmerzenslaute der Carabinieri wurden immer heftiger. Draußen hörte man nach einer Weile, wie sich vor dem Haus der Callàs eine Menschenmenge versammelte. Fortunato stieg über seine Untergebenen hinweg, trat zu mir, stieß mich zu Boden und legte mir Fesseln an. Dabei ging er nicht gerade zimperlich vor. Dennoch war ich recht zufrieden mit meinem Schwächeanfall.

∴ 6 ∾ *MENUE À LA «PISTOUX»* Kurz nachdem der dicke, rotgesichtige Mann in meine feuchte, dunkle Zelle eingetreten war und sich den feisten Nacken mit einem fleckigen Taschentuch trockenwischte, hatte ich sein Laster erkannt: Er war ein Feinschmecker. Vielleicht mehr Gourmand als Gourmet, vielleicht sogar ein Vielfraß, möglicherweise auch ein Mann, der aus einer inneren Verzweiflung heraus viel aß, aber jemand, für den die Tafelfreuden im Mittelpunkt des Lebens standen. Wie ich darauf kam? Die leichte rötliche Färbung des Gesichts wies auf regen Weinkonsum hin. Der sinnliche Mund, der so lebendig wirkte, obwohl der übrige Körper sich selbst eher eine Last zu sein schien, war ein weiteres Anzeichen. Dieser Mann kannte nur eine einzige Art von Vergnügen: den Gaumenschmaus.

Außerdem schien er mir vom ersten Moment unserer Begegnung an wohlgesonnen. Nachdem er ein paarmal vor Anstrengung geschnauft hatte, lächelte er mich an:

«Sie haben es gut hier», sagte er, «draußen sind es vierzig Grad im Schatten.»

«Hier ist zuviel Schatten», entgegnete ich.

«Sie haben recht. Darf ich mich setzen?»

Ich war erstaunt über so viel Höflichkeit und deutete auf den einzigen Hocker: «Bitte.» Ich selbst saß auf der harten Pritsche, die zusammen mit einem Strohsack mein Nachtlager darstellte.

«Sehr freundlich, Monsieur.»

Nun sprach er auch noch Französisch! Ich staunte immer mehr.

«Ich bin Dr. Spatu», sagte er ächzend, nachdem er es sich auf dem winzigen Hocker bequem gemacht hatte.

«Und ich nehme an, daß Sie wissen, wer ich bin.»

«Monsieur Pistoux, angeblich Franzose.»

«Ich bin wirklich Franzose.»

«Die Frauen sagen, Sie wären von den Fischern auf einem Wrack gefunden worden.»

«Ein sinkender Raddampfer, auf dem ich gearbeitet habe.»

«Als Koch?»

«Ganz recht.»

«Beweise haben Sie keine, nehme ich an.»

«Sie sehen mich vor sich. Welche Beweise brauchen Sie noch.»

Dr. Spatu lachte: «Mir genügt der Körper. Aber mein Freund Brasi Fortunato braucht Papiere.»

«Die habe ich nicht, das weiß er doch.»

«Ja, ja. Aber stellen Sie sich vor, unser Capitano hat Mitleid mit Ihnen.»

«Sparen Sie sich Ihre seltsamen Scherze!»

«Nein, nein, sehen Sie: Er ist kein Unmensch. Er nimmt seinen Beruf nur sehr ernst.»

«Das habe ich gemerkt.»

«Auch der Pfarrer ist sehr teilnahmsvoll.»

«Ich kenne den hiesigen Pfarrer nicht.»

«Er fragt, ob Sie christlichen Glaubens sind.»

«Als Franzose, was glauben Sie wohl?»

«Sie sind Katholik.»

«So wurde ich getauft.»

«Wie schön», der Dicke rieb sich die Hände, «dann können wir ja unseren Plan durchführen.»

«Was für einen Plan denn? Wollen Sie mir helfen auszubrechen? Oder hat sich Signore Fortunato eines Besseren besonnen?»

«Letzteres haben wir ihm nahegelegt, der Pfarrer und ich.»

«Vielen Dank.»

«Keine Ursache.»

Er machte eine rhetorische Pause, um mich auf die Folter zu spannen und sah mich aus seinen kleinen Augen listig an.

Ich blieb ruhig. Man verhandelte über meinen Kopf hinweg über mein Schicksal. Das ärgerte mich.

«Wollen Sie nicht wissen, wie sie uns dienlich sein können?»

«Ich kann es mir schon denken.»

«Aha.» Wieder rieb sich Dr. Spatu die Hände.

«Ihnen läuft doch schon das Wasser im Mund zusammen.»

«Haah!» rief er aus: «Sie haben's kapiert.»

«Ich soll um mein Leben kochen?»

Er zögerte. «Aber nein, aber nein. Sehen Sie es als kleine Herausforderung, uns Ihr Können zu beweisen. Wir profitieren alle davon: Sie werden als der anerkannt, der Sie sind. Und wir haben einen angenehmen Abend, den wir hoffentlich nicht so schnell vergessen werden. Was sagen Sie dazu?»

Ich zuckte mit den Schultern: «Kochen können viele. Das beweist gar nichts.»

Er nickte eifrig: «Eben. Das ist ja die Herausforderung. Sie müssen sich anstrengen!»

Ich schwieg. Was für ein absurder Plan. Ich saß hier bei Wasser und Brot in einem dunklen Loch und sollte mir ein Menü des Überlebens ausdenken.

«Hier drinnen kann ich nicht kochen.»

«Selbstverständlich nicht. Das Diner findet in meiner Villa statt.»

Das klang schon besser. In einer Villa gäbe es mehr als nur einen Fluchtweg.

«Ich brauche eine gewisse Vorbereitungszeit.»

«Kein Problem.»

«Ich brauche Zutaten.»

«Schreiben Sie eine Einkaufsliste. Sie können doch schreiben?»

«Selbstverständlich.»

«Gut. Perfekt. Wundervoll.» Der Dicke war glücklich.

«Ich brauche jemanden, der mir hilft.»

«Ich stelle Ihnen meine alte Vespa zur Verfügung. Sie ist zwar keine Wespe mehr ...» Er lachte. «Aber sie ist die Herrscherin meiner Küche.»

«Sie wird meine Anordnungen befolgen müssen.»

«Natürlich, natürlich, das tut sie gern.»

Ich war skeptisch: «Wer wird das Essen bezahlen?»

«Oh, machen Sie sich keine Sorgen. Ich habe die Herren eingeladen.»

«Wieviele Gäste erwarten Sie?»

Dr. Spatu setzte eine wichtige Miene auf: «Natürlich alle bedeutenden Persönlichkeiten des Dorfes.»

«Wenn es viele sind, brauche ich mehr Unterstützung als nur eine alte Frau.»

«Lassen Sie mich nachzählen: Da wäre zuerst natürlich Brasi Fortunato.» Er hob den Daumen. «Dann unser Pfarrer Alfio Cipolla.» Er tippte mit dem Zeigefinger der rechten gegen den Zeigefinger der linken Hand. «Dazu kommt Don Franco Mosca, dem die meisten Ländereien gehören, seit der Baron entmachtet worden ist.» Das war der Mittelfinger. «Meine Wenigkeit.» Der Ringfinger. «Und dann war da immer noch der fünfte im Bunde...» Er faßte mit Daumen und Zeigefinger nach dem kleinen Finger der linken Hand. «...Filippo Santoro, der Apotheker. Aber der ist jetzt tot.» Er verzog das Gesicht. «Sie wissen ja, daß der Capitano behauptet, Sie hätten dem Mörder die Flucht ermöglicht. Weshalb er der festen Überzeugung ist, daß Sie kein Franzose, sondern nur ein geschickter Komplize des Banditen sind und in Wahrheit nicht von einem Schiff gerettet wurden, sondern in den Bergen hausen, bei dieser Bande von Verbrechern, die uns das Leben schwer machen.»

«Das ist doch Unsinn!»

«Mag sein. Es gibt auch die Ansicht, Sie könnten ein Schmuggler sein, der mit seinem Boot an unserer Küste gestrandet ist. Also auch ein Krimineller.»

«Ich bin Koch!» rief ich empört.

«Ja, ja. Sie werden es uns beweisen. Zweifellos, zweifellos... ich persönlich bin da ganz zuversichtlich.»

Er leckte sich die Lippen.

«Wie viele kommen noch?»

Er sah mich erstaunt an: «Noch mehr? Nein, nein. Fünf Finger an einer Hand. Fünf Finger, die die Geschicke von Trezzani bestimmen.» Er hielt die Hand mit den gespreizten Fingern hoch. Dann tat er so, als würde er den kleinen Finger mit der anderen Hand wegnehmen: «Jetzt leider nur noch vier. Aber wir bekommen irgendwann einen neuen Apotheker.»

Nun stand er ächzend von seinem Schemel auf und nickte mir zum Abschied aufmunternd zu: «Betrachten Sie mich einstweilen als ihren Paten. Enttäuschen Sie mich nicht.»

«Ich brauche Schreibzeug.»

«Sie werden es bekommen.»

Er klopfte an die Tür und rief: «Wärter!»

Dann drehte er sich nochmal um und sagte: «Sie kommen aus Nizza, nicht?»

«Ja.» Ich war verdutzt.

Er lächelte zufrieden: «Ich hab's an Ihrem Akzent bemerkt.»

Die Tür wurde aufgezogen, und er ging.

Einige Stunden später, ich war ruhelos in meiner Zelle auf und ab gegangen, brachte der Wärter zusammen mit einer dünnen Nudelsuppe das Schreibzeug.

Ich setzte mich auf die Pritsche und machte einen Plan. Ich überlegte, womit ich die «Fünf Finger minus eins» von Trezzani beeindrucken könnte. Ich stellte eine Liste auf, ich korrigierte die Liste. Ich überlegte, welche Zutaten ich bekommen könnte, welche nicht. Aber was wußte ich schon von den hiesigen Produkten? Einiges konnte ich mir zusammenreimen, anderes würde ich improvisieren müssen. Ich brauchte Eier, Butter, Mehl, Milch und Sahne. Ich würde Brot backen. Ich benötigte die verschiedensten Arten von

Gemüsen und Kräutern, am besten alles, was zu finden war, dazu Fische, Krebse, Wachteln, Lammfleisch, einige abgehangene Hasen, Früchte, Nüsse und Schokolade. Und nicht zu vergessen die Gewürze. Die Zutatenliste für mein siebengängiges Menü «Pistoux» wurde ergänzt durch einige Überlegungen zum Wein: Würde ich Champagner bekommen? Einen Vin jaune? Einen Vouvray? Oder einen feinen Weißwein wie den aus Cassis? Wohl nicht. Aber vielleicht gäbe es Roséweine, ganz bestimmt doch fruchtige und kräftige rote und – das war überall bekannt, einen feinen Wein zum Dessert – den berühmten Marsala. Wie sich später herausstellte bevorzugte Dr. Spatu jedoch andere Süßweine: den Moscato von der Insel Pantelleria und den Malvasia von Lipari. Am nächsten Tag wurde ich von zwei Polizisten aus dem Gefängnis geführt und direkt zur Villa von Dr. Spatu gebracht, die inmitten des Dorfs auf einem Hügel stand und von hohen Mauern umgeben war. Wir betraten das Gründstück durch eine quietschende, schmiedeeiserne Tür auf der Rückseite und gingen durch den Garten, in dem ich zu meiner großen Beruhigung eine Menge Gemüse und Kräuter sah.

Dann wurde ich durch eine Tür in die Küche geschoben und stand der Vespa gegenüber, von der «mein Pate» gesprochen hatte.

Wie eine Wespe sah sie wirklich nicht aus, die Alte. Sie war klein und kugelrund und hatte offenbar keine Zähne mehr. Sie trug ein schwarzes Kleid und eine verwaschene dunkelblaue Schürze, schlurfte mit lahmen Füßen herum und konnte sich nur sehr undeutlich äußern. Dennoch war sie mir bei den Vorbereitungen eine große Hilfe.

Von den Polizisten konnte man das nicht behaupten. Sie saßen die ganze Zeit in meiner Nähe, würfelten um Geld oder lösten einander beim Schlafen ab.

Dr. Spatu empfing mich auf der Terrasse auf der anderen Seite der Villa und nahm meine Bestelliste entgegen. Er studierte die notierten Zutaten mit heftigem Kopfnicken, leckte sich wieder die Lippen und sagte: «Kein Gift?» Dann hüstelte er dümmlich.

«Ich kämpfe mit offenem Visier.»

Nun schien ihm seine Bemerkung doch peinlich zu sein:

«Schön, schön, Monsieur Pistoux. Wie werden Sie Ihr Menü nennen? ‹La Liberté›?»

«Nein. Es wird meinen Namen tragen. Schließlich geht es um mich.»

«Und um unsere Gaumen.»

«Selbstverständlich. Sie werden nicht enttäuscht sein.»

«Den einzigen, den Sie wirklich enttäuschen können, sind Sie selbst.»

«Es ist immer der Koch, der am meisten unter einem Mißerfolg leidet, Monsieur, auch unter normalen Bedingungen.»

«Ihr Berufsethos gefällt mir.»

«Wer sein Handwerk nicht ernst nimmt, verdient keinen Beruf wie den meinen.»

«Bravo.»

Derart beeindruckt versprach Dr. Spatu, alles zu tun, um echten französischen Champagner und die besten Weine aus Sizilien und Kalabrien zu besorgen.

Einige Tage später war es soweit. In einem großen Speisesaal saßen Dr. Silvestro, Pfarrer Cipolla, Capitano Fortunato und Don Franco, der einflußreichste Bürger von Trezzani – die «vier Finger» der Macht – einander an einem schweren weißgedeckten Holztisch gegenüber, der mit teurem Porzellan, feinstem Silberbesteck und edlen Weinkelchen zu einer festlichen Tafel arrangiert worden war, die von einigen Kandelabern hell, aber dennoch intim beleuchtet wurde.

Als ich den Champagner als Aperitif reichte, wurde mir bewußt, daß ich 24 Stunden ununterbrochen gekocht und dabei sogar vergessen hatte, daß ich die ganze Zeit unter Polizeiaufsicht stand.

Der erste Gang des «Menu Pistoux», die mit gekräuterter Béchamelsauce gefüllten, *fritierten Eier* stießen auf große Skepsis bei Don Franco. Der zweite Gang, eine *Soupe au pistou*, war dem Capitano offenbar zu anmaßend. Jedenfalls behauptete er, die vielen Bohnen seien ihm zu volkstümlich, und er hieß auch nicht gut, daß ich die von der alten Vespa in mühsamer Arbeit hergestellte Basilikumpaste direkt aus dem Mörser heraus servierte. Das anschließende *Krebssoufflé* schien den Pfarrer vor allem unter physikalischen Gesichtspunkten zu interessieren. Amüsiert beobachtete er, wie es nach gewisser Zeit langsam in sich zusammenfiel. Ich sah meine Felle davonschwimmen und geriet kurzzeitig aus dem Takt, als ich die *Seezunge* vor den Augen der Gäste am Tisch filetierte und sie anschließend mit der Thymiansauce nappierte und mit den Austern garnierte. Aber nach dem ersten Bissen hörte ich ein zufriedenes Grunzen aus dem Mund des Capitano. Ich war wie elektrisiert und schenkte mit zitternder Hand den würzigen Weißwein aus Kalabrien nach. Sollten sie doch betrunken werden! Das würde jede Reaktion, egal ob positiv oder negativ, forcieren und mein Schicksal in eine neue Richtung lenken. Und tatsächlich: Nachdem sie aufgegessen hatten, hörte ich verhaltenes Lob von Seiten Don Francos und bemerkte ein zufriedenes Lächeln auf den Lippen von Dr. Spatu.

Nach einem *Salade Mesclun* als Zwischengericht zur Beruhigung (einer plötzlichen Eingebung folgend, hatte ich Vespa nach dem Krebssoufflé in den Garten geschickt), holten wir die *Hasenrücken* aus dem Ofen, überzogen sie mit Sahnesauce. Dazu schenkte ich großzügig den Rotwein aus einem

Ort namens Donnafugata nach, zog mich zurück und überließ die Herren ihrem Schicksal.

In der Küche machten sich die Polizisten über die Reste her. Vor allem die Suppe hatten es ihnen angetan. Vespa hielt sich an den Hasenkeulen schadlos. Nur ich hatte partout keinen Appetit.

Bald schon stürzte ich wieder in den Speisesaal, stellte die Karaffen mit den Dessertweinen und die dazugehörigen Kristallgläser bereit und beobachtete nun doch mit Sorge, wie die Herren sich mehr und mehr dem Wein zuwandten. Ihre Gesichter glänzten zufrieden und färbten sich rötlich. Sie ignorierten mich, was ich gleichermaßen als gutes wie als unheilvolles Zeichen deutete.

Nach einer Weile war es tatsächlich Zeit für die Krönung: Dr. Spatu nickte mir, der ich mich hinter dem Rücken des Capitano postiert hatte, zu, und ich holte die große, mit äußerster Hingabe und Präzision gefertigte und reich verzierte *Charlotte au chocolat* aus der Küche.

Nach einigen Löffeln fing der Pfarrer an, mich zu loben. Der Capitano, mittlerweile schon arg betrunken, stimmte ein. Dr. Spatu sah mich triumphierend an. Nur Don Franco aß und aß und verzog keine Miene.

Dann sagte Fortunato endlich mit schwerer Zunge: «Signore Pistoux, ich gebe mich geschlagen. Nach allem, was Dr. Spatu mir zu diesem Essen gesagt hat und was ich selbst schmecken konnte, bin ich der unumstößlichen Ansicht, daß Sie hiermit bewiesen haben, daß Sie ein Franzose und kein Bandit sind.»

Ich verbeugte mich andeutungsweise.

«Sind Sie nicht auch meiner Meinung», fragte der Capitano den Pfarrer.

Cipolla nickte: «Delikat, sehr delikat, alles sehr delikat.»

«Habe ich es nicht gleich gesagt», freute sich Dr. Spatu.

«He! Don Franco!» rief der Capitano. «Was ist Ihre Meinung?»

Don Franco hob den Kopf, sah die anderen ausdruckslos an und richtete dann seine schwarzen Augen auf mich. Ein kalter Schauer lief über meinen schweißüberströmten Rücken, aber ich hielt dem Blick stand.

«Er ist jetzt ein freier Mann?» fragte er mit der leisen Stimme eines Mannes, der weiß, daß selbst ein Flüstern von ihm überall genau vernommen wird.

«Ja», sagte Brasi Fortunato mit glückseligem Lächeln und hob das Weinglas.

«Dann nehme ich ihn mit.»

Mir wurde übel, als ich dies hörte. Ich sah zu Dr. Spatu. Das Lächeln auf seinen Lippen wirkte gefroren. Der Pfarrer senkte den Kopf.

«Wenn er frei ist, nehme ich ihn mit», wiederholte Don Franco. Dann griff er nach seinem Weinglas und hob es langsam: «Ich habe noch nie in meinem Leben so gut gegessen wie heute abend.»

Dr. Spatu stieß mit ihm an. Pfarrer Cipolla schloß sich ihnen an. Capitano Fortunato prostete mir zu und grinste schief: «Jetzt sind Sie Don Francos Gefangener!»

«Er ist mein Gast», korrigierte Don Franco.

«Wer bei Don Franco Gast ist», lallte Brasi Fortunato, «geht niemals freiwillig fort.»

«Ein größeres Lob können Sie nicht bekommen», sagte Dr. Spatu.

⌒ 7 ⌒ SPITZEL WIDER WILLEN «Aber das größte Lob kommt von mir», sagte der Capitano am nächsten Tag. Er hatte mich zum Abschied in sein karg eingerichtetes Büro gebeten, von dem aus man die ganze Bucht überblicken und den Hafen kontrollieren konnte. Irgendwo dort draußen auf dem Meer lag das Fischerboot von Mena. Heute war sie wieder mit dem alten Vanni losgesegelt. Ich hatte ein letztes Mal in ihrem Haus übernachtet, nachdem ich das Angebot von Dr. Spatu, die Nacht in seiner Villa zu verbringen, abgelehnt hatte. Der Doktor hatte eine Augenbraue hochgezogen und den Mund ironisch verzogen, aber das war mir egal. Die Familie Callà hatte mir das Leben gerettet. Das würde mich für alle Zeiten mit ihnen verbinden.

Ein letztes Mal hatte ich in dem kleinen, dunklen Hinterzimmer geschlafen, den Geruch des Basilikums, der in einem Kasten vor dem kleinen Fenster wucherte, eingesogen und mich gefragt, ob es nicht viel besser wäre, als Fischer mein Dasein zu fristen, hier in diesem vergessenen Winkel der Welt. Man wird sentimental in solchen Momenten. Aber ich hatte ja ohnehin keine Wahl, und überdies sehnte ich mich in Wahrheit danach, wieder in meinem Beruf arbeiten zu können. Auch wenn ich nicht unbedingt darauf erpicht war, ewig für Don Francos leibliches Wohl sorgen zu müssen.

Eigentlich hatte Don Franco auf mich nicht den Eindruck eines Feinschmeckers gemacht. Der kleine Mann wirkte zu hektisch, um wirklich ein Genießer zu sein. Aber das kannte ich bereits aus anderen Ländern, daß die Feinschmeckerei für Emporgekommene nichts weiter als ein Statussymbol war. Natürlich hätte ich lieber für Dr. Spatu gekocht. Aber auch das wäre keine Perspektive gewesen. Eine Zukunft auf Sizilien konnte ich mir ohnehin nicht vorstellen. Trotzdem, ich hatte viel gelernt: von Mena das Handwerk des Fischens und von

Lia die Grundlagen der einfachen, aber schmackhaften sizilianischen Küche. Über diese Gedanken war ich eingeschlafen.

Großspurig behauptete der Capitano: «Das größte Lob kommt von mir!»

Ich verachtete ihn. Heute, nachdem ich für ihn gekocht hatte, noch mehr als vorher. Es lag nicht an seinem fleckigen Gesicht, das auf den übermäßigen Alkoholgenuß des Vorabends zurückzuführen war. Es lag auch nicht an seiner Uniform, nicht einmal an dem häßlichen drahtigen grauen Schnurrbart, der sein längliches Gesicht verunzierte. Es war der Hochmut, der aus seiner Gestik und Mimik sprach.

«Ich halte Sie nämlich für einen Ehrenmann», fuhr Brasi Fortunato fort. «Ich bin Männern wie Ihnen sehr zugetan und bedaure zutiefst die Unannehmlichkeiten, die ich Ihnen verursacht habe. Aber die Umstände waren nun mal so, und das Schicksal hat ausgerechnet eine so zweifelhafte Familie wie die Callàs ausgesucht, Sie hier in unsere Welt einzuführen. Nun ja ...» Jetzt hatte er offenbar den Faden verloren. Er blickte aus dem Fenster, durch das bald schon die unbarmherzige Mittagssonne ihr gleißend heißes Licht schicken würde. Bald würde er die Fensterläden schließen lassen und nach Hause gehen. Ab und zu würde er ein paar Polizisten in die Berge schicken oder an die Küste, um Schmugglern aufzulauern und den Schlaf des Selbstgerechten schlafen.

«Ja, es ist wichtig, sich für die Ehre zu entscheiden», erklärte er weiter. Dann drehte er sich, heftiger als seinem angeschlagenen Kreislauf gut tat, zu mir um und sah mich mit unstetem Blick an: «Aber welche?»

Ich war irritiert. Was sollte ich denn auf diese unsinnige Frage antworten?

«Ja, welche?» wiederholte er lahm.

Er deutete mit dem Zeigefinger auf sich: «Ich habe meine Ehre, zweifellos! Ich bin Polizist. Ich stehe vor dem Gesetz.»

Er machte eine unbestimmte Handbewegung zum Fenster hin: «Dr. Spatu hat auch seine Ehre. Er ist Arzt. Er steht vor den Menschen.» Kurze Pause. «Auch der Pfarrer hat seine Ehre. Er steht vor Gott. Nicht wahr?»

Ich deutete ein Nicken an, um ihn nicht durcheinander zu bringen. Ich wollte, daß er das endlich zu Ende brachte und ich gehen durfte. Egal wohin, nur weg von diesem Kerl, dem jetzt der Schweiß auf der Stirn stand, unter dessen Achselhöhlen sich feuchte Flecken auf dem Stoff der Uniform abzeichneten. Er strömte mittlerweile einen Geruch aus wie ein alter feuchter Lappen.

«Aber wie verhält es sich mit der Ehre von Don Franco?» Er kniff die Augen zusammen.

Ich sah ihn ratlos an. Was wollte er von mir hören?

«Die Ehre von Don Franco?» wiederholte er.

Ich zuckte mit den Schultern.

Er lachte hämisch: «Vor wem steht Don Franco? Was meinen Sie? Raten Sie.»

Sein Gesicht war ein einziges höhnisches Grinsen. Er stellte mir eine Frage, die ich nicht beantworten konnte, und machte sich auf diese Weise über mich lustig. Was hatte das denn mit Ehre zu tun? Das war lächerlich! Mir fiel der Vorfall in Menas Haus ein, als der Capitano gekommen war, mich zu holen und Don Franco es verhindert hatte. In diesem Moment war klar gewesen, wer vor wem stand.

«Na?» stichelte Fortunato.

«Ich würde sagen ...»

«Ja?» Vor lauter Freude, gleich eine falsche Antwort zu hören, riß er den Mund weit auf. Ich starrte auf seine gelben Zähne, einige waren eher schwarz.

«... Don Franco steht vor sich selbst.»

Fortunatos Mund blieb offen stehen, aber der höhnische Gesichtsausdruck verschwand. Ich hatte ihm den Spaß verdorben.

Er beugte sich nach vorn, konnte seine Enttäuschung nicht verbergen: «Richtig.»

Dann blickte er ratlos auf seine leere Schreibtischplatte, sah wieder auf: «Bravo.»

Ich sah ihn aufmerksam an.

«Don Franco steht vor sich selbst», wiederholte Fortunato. «Was bedeutet das? Er ist niemandem Rechenschaft schuldig, nicht mal dem Papst! Sie verstehen, was ich meine?»

Ich zuckte mit den Schultern. Gar nichts verstand ich.

Der Capitano riß sich zusammen. Sein Gesicht bekam einen konzentrierteren Ausdruck: «Dem Papst ist das vielleicht egal, und wer weiß schon, was Gott davon hält.» Wieder hob er den Zeigefinger und deutete auf die eigene Brust: «Aber ich! Ich bin das Gesetz! Und das Gesetz fordert Rechenschaft.»

Er beugte sich nach vorn: «Jeder Mensch ist dem Gesetz unterworfen, voll und ganz, oder etwa nicht?»

«Meistens ist es wohl so, denn der Staat hat die Macht.»

«Ja. Der Staat hat die Macht. Der Staat ist das Gesetz. Das Gesetz ist die Polizei. Die Polizei bin ich. Was folgt daraus?»

Ich hütete mich zu lächeln und antwortete sachlich: «Der Staat sind Sie.»

«So ist es.» Brasi Fortunato beugte sich zufrieden zurück. «Vor mir stehen sie alle, ob Bürger, Bauer, Baron oder Bettler. Das hat Garibaldi so gewollt.»

«Zweifellos.»

«Das trifft auch auf Don Franco zu.»

«Sicherlich.»

«Ohne Einschränkung.»

«Es hängt nur von Ihnen ab, Signore Capitano.»

«Ja von mir. Und von Ihnen!»

Ich starrte ihn verblüfft an. Dann wurde mir klar, was er mir die ganze Zeit mitzuteilen versuchte. Ich bekam eine Gänsehaut.

«Sie werden mir helfen, Garibaldis Auftrag durchzusetzen. Sie sind Franzose, Republikaner, Sie wissen, wie wichtig das ist.»

«Was soll ich ...?»

«Sie werden mir helfen. Sie werden mir berichten.»

«Berichten?»

«Sie werden von nun an in Don Francos Haus leben. Sie werden ihm näher sein als viele andere. Außerdem sind Sie ein Ehrenmann und deshalb unbestechlich.»

«Ich soll als Spitzel arbeiten?»

«Sie benutzen ein viel zu häßliches Wort für diese ehrenvolle Tätigkeit. Vergessen Sie nicht, Sie arbeiten für mich.»

«Unmöglich.»

«Es ist möglich.»

«Niemals.» Ich schüttelte energisch den Kopf.

Wieder beugte er sich nach vorn und stemmte beide Arme auf die Tischplatte. Nun sah er gar nicht mehr wie ein Trottel aus: «Signore Pistoux, Sie vergessen eine Kleinigkeit.»

«Welche?» Aber da fiel es mir schon selbst ein.

«Sie haben sich zwar in den Augen von Dr. Spatu und Padre Cipolla freigekocht, aber das Gesetz hat keinen Gaumen, den man umschmeicheln kann. Das Gesetz ist unerbittlich.»

Ich nickte. Natürlich, er hatte recht. Er konnte mit mir machen, was er wollte. Noch war ich in seiner Hand. Und ob ich mich je ganz und gar der Obhut von Don Franco anvertrauen wollte, war auch noch die Frage.

Er entspannte sich wieder und setzte sich hin. Die Andeutung eines triumphierenden Lächeln erschien auf seinem Gesicht.

«Wir werden zusammenarbeiten.»

«Ja.»

«Sie werden mir über alles berichten, was sich auf dem Landsitz von Don Franco tut.»

«Aber wie soll ich das denn bewerkstelligen?»

«Sie können doch schreiben, also schreiben Sie.»

«Briefe?»

«Ja, natürlich, Briefe. Berichte, was sonst.»

«Und wie bekommen Sie diese Briefe?»

«Ich werde Ihnen einen Boten schicken.»

«Das wird gefährlich.»

«Sie stehen unter meinem Schutz.»

«Danke.»

«Das ist doch selbstverständlich.»

Er ging mir auf die Nerven, dieser Carabiniere.

«Meine Männer werden Sie zum Palast bringen.»

«Palast?»

«Ja, die Residenz des alten Barons. Jetzt lebt Don Franco dort. Sie werden sehen, Sie haben viel Arbeit dort zu erledigen...» Er kniff wieder die Augen zusammen.

«... für mich.»

∻ 8 ∻ *RITT IN DIE BERGE* Zwei Carabinieri begleiteten mich. Zum ersten Mal in meinem Leben saß ich auf einem Maultier. Die beiden Uniformierten lachten, als ich ungelenk auf das mir so fremde Tier stieg. Als Koch hat man eben doch mehr mit toten Tieren zu tun. Wir durchquerten die ungewöhnlich leeren Gassen von Trezzani. Wo waren die Menschen alle geblieben? Was für ein Tag war heute?

Ein letztes Mal kam ich am Haus der Callàs vorbei. Die beiden Mädchen winkten mir zum Abschied. Lia übergab mir ein Bündel mit Habseligkeiten und Proviant.

Ich schnallte das Bündel auf den Sattel, erkundigte mich nach Mena und ließ ihr Grüße ausrichten. Dann trieben die Polizisten zur Eile an. Es war seltsam, sich von diesem kleinen Haus und seinen Bewohnern zu verabschieden: Sie waren mir fremd geblieben, aber in dieser Welt hier die einzigen, zu denen ich eine kurze Zeit lang gehört hatte.

Hinter dem Dorf stiegen die Berge steil hinauf, teilweise reckten sich zerklüftete Felsen in den Himmel. Meine Begleiter trieben ihre Maultiere an, und wir machten uns an den ersten beschwerlichen Aufstieg zwischen Weinbergen, Terrassen mit Oliven- oder Zitrusbäumen hindurch. Hinter einem Hügel gelangten wir in ein enges Tal, dessen Verlauf wir folgten. Eine Prozession kam uns entgegen, die von Alfio Cipolla, dem Pfarrer angeführt wurde. Hinter ihm trugen vier Männer eine festlich gekleidete Madonnenstatue unter einem Baldachin. Cipolla sah mich nicht. Er murmelte ununterbrochen ein Gebet vor sich hin. Das ganze Dorf schien sich zu dieser Prozession versammelt zu haben. Warum waren die Callàs nicht dabei? Durften sie nicht oder wollten sie nicht? Meine Begleiter bekreuzigten sich, und wir mußten eine ganze Weile warten, bis die schweigende Gemeinde an uns vorbeigezogen war.

Dann ging es weiter durch das kleine Tal, vorbei an Mandelbäumen, Lupinen und bizarren Kakteen, die in den Weg ragten, und schließlich nach oben in die Berge. Dort angekommen breitete sich vor unseren Augen eine weite Ebene aus, die sich langsam in eine Hügellandschaft verwandelte.

Eine endlose Kette baumloser Hügel stieg Richtung Süden und Osten langsam an. Im Osten türmte sich am Horizont ein bizarr aussehendes Felsengebirge. Die Callàs hatten mir erzählt, daß das Land rund um ihr Dorf sehr fruchtbar sei. Doch jetzt sah ich nur von der Sonne verbrannte Erde.

Noch war es sehr früh am Tag, aber heißer, als mir angenehm war. Lia hatte mir einen Strohhut mitgegeben, den ihr Bruder einmal aus Palermo mitgebracht hatte. Ich war froh, daß ich ihn auf dem Kopf hatte. Auch über die weiten Hosen und das weiße, langärmelige Hemd aus Antonio Callàs Schrank war ich sehr glücklich. Die leichte Brise, die vom nun nicht mehr sichtbaren Meer herüberwehte, trocknete den Schweiß auf meiner Haut. Ich warf einen mitleidigen Blick auf die beiden Carabinieri in ihren Uniformen. Sie schwitzten sicherlich erbärmlich unter ihren Mützen. Aber vielleicht waren sie es auch gewohnt.

Sie ritten vor mir nebeneinander und unterhielten sich in monotonem Singsang. Offenbar gingen sie davon aus, daß ich brav hinter ihnen hertrotten würde und an Flucht nicht mal zu denken wagte. Natürlich hatten sie recht. Wo sollte ich schon hin? Außerdem würden sie mich in dieser Ebene jederzeit wiederfinden. Sie sprachen von Frauen, die den ganzen Tag am Fenster sitzen und nicht zum Heiraten geeignet seien, und von jungen Männern, die zur Armee eingezogen wurden. Hin und wieder sahen wir Bauern auf Feldern oder in Olivenhainen arbeiten. Sie würden gegen Abend rechtzeitig wieder ins Dorf zurückkehren. Die Bauern hier, so hatte ich gelernt, lebten nicht in einzelnen Höfen, wie ich das aus meiner Heimat kannte. Sie wohnten viele Stunden von ihren Feldern entfernt in großen Dörfern, um sich vor den Banditen und sonstigem Gesindel zu schützen, die die Gegend unsicher machten.

Am Nachmittag rasteten wir in einem Olivenhain, aßen Brot mit Ziegenkäse und tranken herben Rotwein dazu. Dann legten wir uns zum Ausruhen in den Schatten. Ich war erschöpft, konnte aber nicht schlafen, sondern hörte den Maultieren zu, wie sie das trockene Gras zupften. Gegen Abend erreichten wir eine Anhöhe, von der aus wir zwischen zwei zerklüfteten Felsen hindurch auf ein breites Tal blicken konnten. Ein kleiner Bach sorgte für ein wenig Grün in der Talsohle. Ein schmaler Pfad führte hinunter und auf der anderen Seite einen Berg hinauf.

Auf diesem Berg, so erklärten mir meine Begleiter, lag das «Haus», das Don Franco sich als Wohnsitz auserkoren hatte. Ich war überrascht. Dort oben erstreckte sich tatsächlich ein Palast von beeindruckenden Ausmaßen und barocker Üppigkeit über die ganze Längsseite des Berges. Wie konnte Don Franco ein solches Gebäude unterhalten? Stellte der kleine Mann, den ich für einen Emporkömmling gehalten hatte, doch mehr dar, als es auf den ersten Blick den Anschein hatte? Aber dies war zweifellos ein uralter Palast, den adelige Herrscher einst errichten ließen.

Ich fragte die Polizisten nach dem Erbauer. Don Franco doch wohl nicht, oder?

Sie lachten.

«Die Sardelle hat mehr Verstand als ein Thunfisch», sagte der eine.

Ich sah ihn ratlos an.

«Der Palast wurde von den Spaniern gebaut», erklärte der andere.

«Und?» fragte ich.

«Das ist lange her», sagte der eine.

«Sehr lange», bestätigte der andere.

Sie gefielen sich in der Rolle der Besserwisser.

«Bis vor ein paar Jahren», fing der erste wieder an, «hat da der Baron gelebt.»

«Dann kam Garibaldi», sagte der zweite.

«Wir sind mitmarschiert.»

«Ja, wir sind mitmarschiert.»

Sie zwinkerten einander zu.

«Als wir mit unserer Truppe vor dem Palast Stellung bezogen, war der Baron schon weg.»

«Nach Palermo.»

«Wahrscheinlich.»

«Bestimmt ist er nach Palermo geflohen.»

«Vielleicht auch nach Rom.»

«Rom? Rom ist sehr weit weg.»

«Er hatte ja auch sehr große Angst.»

Sie lachten.

Vor siebzehn Jahren, 1860, mußten die beiden noch sehr jung gewesen sein. Wahrscheinlich waren die Scharmützel, die sie in der Folge von Garibaldis Eroberungsfeldzug mitgemacht hatten, ihre aufregendsten Erinnerungen. «Und dann kam die Sardelle?» fragte ich, als sie sich wieder beruhigt hatten.

Der eine stieß dem anderen den Ellbogen in die Seite: «Er hat's verstanden.»

«Stimmt. Er hat's verstanden.»

Sie lachten wieder.

«Don Franco hat den Palast gekauft?» fragte ich weiter.

«Ist er denn so reich?»

Die beiden Polizisten sahen sich an.

«Gekauft?»

«Ich weiß nicht, ob er ihn gekauft hat.»

«Aber er hat ihn.»

«Ja, er hat ihn.»

«Egal, ob oder ob nicht», beendete ich das wenig nützliche Gespräch. «Wie kommen wir hier den Berg hinunter und dort wieder hinauf?»

Die Polizisten blickten nach unten. Vor uns fiel der Berg fast senkrecht ab. Erst viele Meter tiefer lief er in einer Geröllmasse aus, die sich allmählich ins Tal hinabsenkte. Aber dorthin führte kein Weg, das Tal war mehr eine Schlucht, so tief war der Einschnitt zwischen den Felsen.

Meine Begleiter drehten sich zur Seite und deuteten nach Westen, wo die Sonne bald versinken würde.

«Dort führt ein Weg durchs Tal und dann hinauf zum Palast.»

«Werden wir es noch vor Einbruch der Dunkelheit schaffen?»

Die beiden blickten einander an.

«Du hast zu lange geschlafen!» warf der eine dem anderen vor.

«Wieso ich?»

Sie stritten sich und kamen zu keinem Ergebnis. Nun mußten wir uns beeilen.

Wir stiegen wieder auf unsere Maultiere und lenkten sie Richtung Westen.

Die Sonne ging unter, und wir kamen über dem kaum sichtbaren Weg zwischen dem Geröllfeld nur langsam voran.

Wir hatten beinahe das Tal erreicht, da traten zwei mit Karabinern bewaffnete Gestalten hinter einem Felsbrocken hervor. Sie richteten ihre Waffen auf uns und kommandierten: «Halt!»

Wir blieben stehen.

«Absteigen!»

Wir stiegen ab.

Die beiden Bewaffneten kamen näher.

«Laßt eure Waffen fallen.»

Die beiden Polizisten warfen ihre Pistolen zu Boden.

Die Banditen kamen näher. Als erstes zogen sie die Gewehre aus den Halftern am Sattel der Maultiere.

«Da hinüber.»

Wir mußten uns vor einem Felsbrocken aufstellen, und zwar so, daß die letzten Strahlen der Sonne uns direkt in die Augen schienen.

«Was ist mit dem da?» fragte der Bandit, der die Fragen stellte, während sein Begleiter uns schweigend im Auge behielt.

Darauf wußten die Polizisten keine Antwort.

«Ist das euer Gefangener?»

«Ja», sagte der eine Polizist.

«Nein», sagte der andere.

«Nanu?» wunderte sich der Bandit. «Was denn nun?»

«Wir bringen ihn zu Don Franco.»

«Ihr habt einen Gefangenen für Don Franco?»

«Nein, einen Koch.»

«Einen Koch? Was redet ihr da für einen Unsinn! Wollt Ihr Euch über uns lustig machen?»

«Nein! Es ist wahr.»

«Stimmt das, Gefangener?»

«Sie bringen mich zu Don Franco», bestätigte ich. «Er möchte, daß ich für ihn koche. Das ist mein Beruf.»

«Du bist kein Sizilianer. Woher kommst du?»

«Ich bin Franzose.»

«Ein Franzose für Don Franco. Da hast du aber Glück, Fremder. Wenn du ein Sizilianer wärst, würden wir dir die Kehle aufschlitzen und dich wie ein Schwein in die Vorratskammer hängen.»

«Warum?»

Ich erhielt keine Antwort.

«Besser, wir nehmen ihn mit», sagte der andere Bandit. «Er kann für uns kochen.»

In diesem Moment verschwanden die letzten Strahlen der Abendsonne hinter einem zerklüfteten Felsen. Plötzlich waren wir nicht mehr geblendet. Die Banditen hatten nicht damit gerechnet, die Polizisten aber sehr wohl. Auf ein Zeichen bückten sie sich gleichzeitig, warfen mit Steinen nach den Banditen, rollten zur Seite, sprangen auf und hechteten dahin, wo ihre Waffen lagen.

Die Banditen, die sich geduckt hatten, aber trotzdem von den Steinen getroffen worden waren, hoben überrascht ihre Gewehre. Doch einen Moment lang wußten sie nicht, wer auf wen zielen sollte. Das war ihr verhängnisvoller Fehler. Die Polizisten luden durch. Und während ich zur Seite sprang, um aus der Schußlinie zu geraten, ertönten mehrere Schüsse. Ich hörte erstickte Schreie, wälzte mich hinter einen großen Stein und ging in Deckung.

Noch mehr erstickte Schreie, noch einige Schüsse, das Wiehern der Maultiere, das Geräusch der Hufe, das sich entfernte, dann Ruhe.

Ich hob den Kopf.

Alle vier Männer lagen auf dem Boden.

Ich griff mir einen Revolver, der in meiner Nähe lag und näherte mich den Liegenden. Einer schnaufte noch, hob den Kopf und sah mich an. Der Polizist. Sein Kollege war von einer Kugel in die Brust getroffen worden. Der eine Bandit stöhnte. Aus einer großen Wunde am Hals pulste Blut. Er bäumte sich auf und röchelte ein letztes Mal. Dem anderen hatte ein Geschoß den Schädel zerschmettert.

Ich half dem Polizisten auf. Er zitterte am ganzen Körper. «Die Maultiere!» stieß er stockend hervor.

Ich holte die Tiere herbei.

Wir legten die Leiche des Polizisten über das eine Tier und banden sie fest. Dann stiegen wir auf die anderen Maultiere und ritten davon, ohne die Leichen der Banditen noch einmal anzusehen.

Nach einer Weile fragte ich: «Wer war das?»

«Wegelagerer», sagte der Polizist in einem Ton, als würde er von einer der üblichen Mückenplagen sprechen.

Es war stockdunkel, als wir mit einer Leiche im Gepäck den Palast von Don Franco erreichten.

9 ~ Don Francos Palast

Ein wortkarger Diener öffnete uns die Tür neben dem riesigen Portal. Wir traten in einen Innenhof. Mit einer Laterne in der Hand führte uns der Diener über den Hof, vorbei an einem Springbrunnen, der nur sehr verhalten plätscherte. Wir erreichten eine ausladende Treppe, die jetzt, mitten in der Nacht, riesenhaft wirkte. Ich folgte dem Diener die Treppe hinauf. Der Polizist war in Richtung Stallungen gegangen. Ohne ein Wort zu verlieren. Wer würde ihm nun mit der Leiche helfen? Würde er seinen Freund am nächsten Tag wieder auf das Maultier legen und hinab ins Dorf bringen?

Wir traten in eine mächtige Eingangshalle. Den Prunk konnte ich nur erahnen: Über mir schwebte ein riesiger Kristallüster. Doch die Halle wurde nur von einigen Kerzen erleuchtet, deren Widerschein sich in großen Spiegeln verlor.

Der Diener führte mich durch eine hohe Flügeltür in einen Saal, in dem es angenehm kühl war. Ritterrüstungen, offenbar aus allen Zeiten der sizilianischen Geschichte, standen an den Wänden, von der leichten griechischer Bogenschützen bis hin zur schweren eisernen Wehr der spanischen Soldaten. Der gespenstische Reigen wurde von flackernden Fackeln erleuchtet. Durch einige Fenster wehte ein leichter Wind und bewegte die Vorhänge. In der Mitte des Saals stand ein langer, von Kerzen erleuchteter Tisch. Daran saß, ganz allein, Don Franco.

«Ah, der Franzose», sagte er. «Kommen Sie, kommen Sie!»

Ich trat an dem Diener vorbei auf Don Franco zu.

Er blieb sitzen und sah mich aus listigen Augen an.

«Wie gut, daß Sie endlich da sind, Franzose. Ich komme um vor Sehnsucht nach Ihren Spezialitäten. Heute mußte ich mich mit schrecklichen Dingen begnügen, sehen Sie selbst.» Er deutete auf den überdimensional großen Teller aus feinstem Porzellan, der vor ihm auf dem Tisch stand: «*Schildkröten*, noch dazu falsche.» Er lachte.

Ich verstand die Anspielung. Es handelte sich um ein einfaches ländliches Gericht, das in diesem Rahmen natürlich armselig wirkte.

«Sie werden mich hoffentlich von diesem Degout erlösen.»

«Sie wollten, daß ich hergebracht werde, nun bin ich hier», sagte ich steif.

«Hergebracht? Wie Sie das sagen, Signore Pistoux! Sehen Sie sich doch nur um, was für eine Welt sich Ihnen auftut. Haben Sie schon mal in einem solchen Palast gearbeitet?»

«Nein.»

«Sehen Sie!» triumphierte er.

«Aber in Hotels, die vornehmer waren.»

Kaum ausgesprochen, ärgerte ich mich über meine kleinliche Bemerkung. Was ging es diesen Sizilianer an, woher ich kam und wer ich war?

«Tatsächlich?» Merkwürdigerweise schien er beeindruckt zu sein. «Wo?»

«Zuletzt in London.»

«England, ja», sagte er ehrfürchtig.

Dann deutete er auf einen Stuhl.

«Setzen Sie sich doch, Signore Pistoux», lud er mich ein. «Leisten Sie mir Gesellschaft. Trinken wir einen Marsala. Wo wir doch gerade von England sprachen.»

Ich sah ihn fragend an. Er griff nach einer Karaffe und goß ein Kristallglas großzügig voll.

Dann lachte er spitzbübisch: «Sie wissen es nicht, stimmt es?»

«Was denn?»

«Daß der Marsala von einem Engländer erfunden wurde.»

«Nein.»

«Er hieß Woodhouse. Engländer trinken gern süßen Wein. Unsere Weine waren ihm zu sauer. Also hat er einen eigenen Wein erfunden. Sie sind ganz schön verrückt, diese Engländer.»

Wieder deutete er auf den Stuhl, der für mich bereitstand.

Ich setzte mich, weil es momentan keinen anderen Ort gab. Ich war dem Geschwätz von Don Franco ausgeliefert.

«Wir haben auch andere süße Weine auf Sizilien. Aber das hat der Engländer nicht gewußt. Er wollte alles selbst machen. Ganz anders als wir Sizilianer. Wir warten ab. Ganz ruhig. Fremde haben Sizilien verändert, nicht die Sizilianer. Wissen Sie, woher Garibaldi eigentlich kommt?»

«Natürlich, aus Nizza. Von dort komme ich auch.»

«Ha! Sie werden noch großen Einfluß hier haben. Passen Sie auf!»

Ich zuckte mit den Schultern. Was sollte ich darauf entgegnen? Daß ich am liebsten sofort nach Frankreich zurückkehren würde? Daß mich diese Insel, dieser Palast und die Welt eines Don Franco nicht im geringsten interessierten?

«Ich bin Koch, kein Eroberer.»

Don Franco grübelte vor sich hin: «Wissen Sie, wo dieser Garibaldi jetzt ist?»

«In Frankreich, glaube ich. Er war Mitglied der Nationalversammlung.»

«Er hätte besser hier bleiben sollen. Hat das ganze Land erobert. Er hätte alles haben können. Statt dessen ist er weitergezogen. Sogar am Papst wollte er sich vergreifen!» Don Franco lachte vor sich hin. «So ein Satansbraten!» Er sah mich auffordernd an. Ich nahm einen Schluck von dem Wein. Er war gar nicht so süß, wie ich befürchtet hatte. Er schmeckte sogar recht gut, wie eine Kombination aus Muscat und Banyuls.

«Er war Politiker», sagte ich, um irgend etwas zu sagen.

«Oh, ja, Politiker bin ich ebenfalls. Sogar Abgeordneter.»

«Tatsächlich.»

«Ja, aber das ist nicht so wichtig.»

«Nein?»

«Ich kümmere mich um das Land hier. Das ist meine Aufgabe.»

«Das Land gehört Ihnen?»

«Gewissermaßen.»

«Was ist mit dem Baron passiert? War es nicht sein Land?»

«Im Verlaufe der politischen Unruhen mußte er nach und nach seine Ländereien abtreten.»

«An Sie?»

Don Franco nickte zufrieden: «Zum großen Teil. Ich war ja der Gutsverwalter. Was lag also näher?»

«Das Land den Bauern zu geben, beispielsweise.»

Er blickte mich sehr erstaunt an: «Die Bauern haben es doch!»

«Gepachtet.»

«Aber ja!»

«Für einen hohen Pachtzins.»

Er schwenkte sein Glas und bewunderte die goldgelbe Farbe des Weins: «So war es immer, so wird es immer sein.»

«Dann sind Sie also der mächtigste Mann in dieser Gegend?» Er nickte selbstzufrieden, aber dann sagte er grinsend:

«Nein, nein. Es gibt einen, der ist viel mächtiger.» Ich sah ihn fragend an.

Er lachte: «Der Pfarrer!»

«Wir sind überfallen worden», sagte ich abrupt.

Er zog die Augenbrauen zusammen: «Was soll das heißen?»

«Auf dem Weg hierher.»

«Überfallen? Auf dem Weg zu mir?»

«Ja.»

«Von wem?»

«Banditen.»

«Wie sahen die aus?»

Ich beschrieb ihm die Banditen.

Das schien ihm nicht zu gefallen. Eine Weile lang grübelte er vor sich hin. Dann stand er auf und lief durch den Saal zum Kamin. Dort zog er zweimal an einer Kordel.

Kurz darauf öffnete sich die Tür und ein bis an die Zähne bewaffneter Mann trat ein und zog die Mütze ab. Er würdigte mich keines Blickes. In der Hand hielt er ein Gewehr. In seinem Gürtel steckten zwei Revolver. Ein Patronengurt hing über seine Schulter.

Don Franco sprach so schnell mit ihm, daß ich kaum etwas verstehen konnte.

Genauso, wie er gekommen war, verschwand der Mann wieder.

«Warum haben Sie mir nicht gesagt, daß der Polizist tot ist?»

«Ich dachte, Sie wüßten schon Bescheid.»

Er zuckte mit den Schultern.

«Na, jedenfalls erklärt das alles. Die Polizisten waren gemeint, nicht ich. Darum soll sich Fortunato kümmern.»

«Viel Respekt schienen diese Banditen aber nicht vor Ihnen zu haben», sagte ich.

Er kniff die Augen zusammen: «Was soll das heißen.»

«Sie haben gesagt, daß sie mich wie ein Schwein geschlachtet hätten, wenn ich kein Franzose gewesen wäre.»

Don Franco griff ungehalten nach dem Weinglas: «Sie entführen Fremde und erpressen Lösegeld. So einfach ist das.»

«Das mit dem Schlachten sagten sie erst, als sie wußten, daß ich zu Ihnen wollte.»

Seine Augen blitzten zornig: «Was soll das heißen?»

Ich schwieg.

Er schwenkte sein Glas umher.

«Haben die etwa keinen Respekt vor mir?»

Er warf das Glas in hohem Bogen durch den Saal. Es zerschellte an einer bourbonischen Ritterrüstung.

Ich schwieg vorsichtshalber.

Er sprang auf und lief wie wildgeworden im Saal herum, murmelte Flüche, rutschte beinahe auf den Glasscherben aus, ärgerte sich über das Knirschen unter seinen Füßen und trat aus Wut gegen die Bourbonen-Rüstung. Mit ohrenbetäubendem Scheppern fiel sie zu Boden. Es war so unerwartet, daß ich heftig zusammenschrak.

Sekunden später stürzten drei Wächter in den Saal und richteten zwei Gewehre und eine Pistole auf mich. Ich sprang empört auf und blieb ruhig stehen. Don Franco verpaßte der am Boden liegenden Rüstung einen Tritt. Sie rollte klappernd in eine Ecke.

Ich blickte wie gelähmt auf die Läufe der Gewehre und wagte nicht, mich zu bewegen.

Don Franco drehte sich um und sage beiläufig: «Es ist alles in Ordnung.»

Er hielt es nicht für nötig, sich für den Zwischenfall zu entschuldigen, nachdem die Wachleute gegangen waren. Statt dessen begann er zu prahlen: «Meine Männer», sagte er. «Gute Leute. Ich befehle eine hübsche kleine Armee.» Er breitete die Arme aus: «Und besitze einen Palast. Kein dreckiger Bandit wird sich an mir und meinem Besitz vergreifen. Keiner!» rief er laut.

«Eines Tages werde ich Baron sein. Eines Tages! Vielleicht sogar noch mehr. So wird es sein. Und mit diesem respektlosen Gesindel werde ich aufräumen, wenn es erstmal soweit ist.» Den letzten Satz murmelte er.

Ich schwieg und setzte mich wieder hin.

Don Franco kam zurück an den Tisch, griff sich eine Flasche mit einer glasklaren Flüssigkeit, die in seiner Nähe stand, und nahm einen Zug aus der Flasche.

Dann schob er sie zu mir hin: «Los trink!» sagte er barsch.

Ich nahm einen Schluck. Schmeckte so ähnlich wie ein Marc aus meiner Heimat.

Sein Verhalten erstaunte mich. Er saß in einem riesigen Palast, Wein und Kristall, wurde von einer waffenstarrenden Truppe bewacht und trank Schnaps.

Er nahm noch etliche Züge aus der Flasche, vergaß glücklicherweise, mir den Schnaps anzubieten und wurde schnell betrunken. Ich hingegen wurde allmählich von einer bleiernen Müdigkeit erfaßt.

«Du wirst für mich kochen!» sagte er nach einer Weile mit schwerer Zunge. «Du wirst für mich kochen wie für einen Fürsten!»

Er sah mich mit unstetem Blick an: «Verstanden?»

«Ja.»

«Wie für einen Fürsten!» wiederholte er. «Aber vergiß nicht, daß ich Sizilianer bin und kein Weibsbild, das kandierte Früchte mit Handschuhen ißt. Ich bin Don Franco, der Herrscher über Trezzani!»

Ich nickte wie ein braver Schüler. Ich war viel zu erschöpft, um mich über diesen ungehobelten Kerl zu ärgern.

«Giovanni!» brüllte er laut.

Sofort wurde die Tür aufgerissen, und der schwerbewaffnete Wächter trat ein. «Bring ihn weg. Er soll schlafen. Sieh nur, wie müde er ist!»

Giovanni nickte mir zu. Ich stand auf.

«Und morgen kochst du für mich!»

«Wo und wie?» fragte ich.

«Du wirst schon sehen. Es soll dir an nichts fehlen, Franzose! Es wird dir gefallen bei Don Franco. Jetzt geh schon.» Er winkte mich fort.

Ich folgte Giovanni zur Tür.

«Noch was, Franzose», rief Don Franco hinter mir her.

Er wartete, bis ich mich nochmals umgedreht hatte.

«Du wirst mir Gesellschaft leisten. Wir werden zusammen essen. Nur wir beide!» Dann grinste er breit mit offenem Mund: «Dann kannst du mich nicht vergiften.»

Endlich war ich draußen. Ich folgte dem Wächter durch endlose, kaum erleuchtete Gänge, einige Treppen hinauf, um Ecken und Winkel, bis wir vor einer Tür standen.

Giovanni schob die Tür auf, überreichte mir den Kerzenhalter, den er die ganze Zeit getragen hatte, und machte eine auffordernde Handbewegung. Kaum war ich eingetreten, fiel hinter mir die Tür ins Schloß. Giovanni hatte es nicht für nötig befunden, sich zu verabschieden.

Ich horchte, hörte aber keine Schritte sich entfernen. Entweder schlich Giovanni lautlos davon oder er blieb als Wache vor meiner Tür.

Ich trat ans offene Fenster. Draußen hörte man die Grillen zirpen. Am Himmel strahlte der Halbmond. Ich zog den Vorhang zu, stellte die Kerzen auf den Nachttisch, zog mich aus und legte mich in ein riesiges Himmelbett.

∼ 10 ∼ IM LABYRINTH   Mitten in der Nacht schreckte ich aus dem Schlaf. Hatte jemand gerufen? Der grelle Halbmond war über den Himmel gewandert und strahlte nun durch eine Spalt zwischen den Vorhängen direkt in mein Gesicht. Ich drehte meinen Kopf beiseite. Einen Augenblick lang fühlte ich mich orientierungslos, erwartete, die Stimmen von Lia und Mena im Nebenzimmer zu hören. Dann ertönte wieder dieses hohe laute Rufen, ein klagender Singsang. Dann wieder Stille. Mein Herz pochte heftig.

Wieder dieses Heulen. Jetzt schien es mir weniger klagen. Es glich einem rhytmischen Rufen, das immer schneller, immer lauter wurde. Ich horchte gebannt. Mein Herz wollte nicht aufhören zu pochen. Aber jetzt mitten in der Nacht wäre es unmöglich, die Ursache dieser Geräusche zu ergründen.

Ich verwünschte Don Franco, überlegte, ob ich nicht einfach aufstehen und fliehen sollte, verwarf diesen Gedanken jedoch: Wenn ich nicht den Banditen in die Hände fiel, würden mich die Häscher von Capitano Fortunato oder die Wächter des Don aufstöbern. Nach langen Hin- und Herüberlegen, entschied ich, daß es das beste sein würde, meine Lage in diesem Palast erst einmal eingehend zu erkunden.

Über diese Gedanken schlief ich ein.

Niemand weckte mich am nächsten Morgen, niemand kam, mich zu holen, niemand gab mir Anweisungen. Ich warf die Bettdecke beiseite, trat ans Fenster und zog die Vorhänge auseinander. Unter mir entdeckte ich einen Garten. Von der Steinterrasse am Haupthaus fielen weitere Terrassen langsam Richtung Westen ab und mündeten in eine Parklandschaft. An den kurzen Schatten, die einige verwitterte Statuen warfen, konnte ich erkennen, daß es schon später Vormittag sein mußte. Garten und Park machten einen ungepflegten Eindruck. Ein Teich schimmerte grünlich im Sonnenlicht. Ich befand mich im Seitenflügel des Gebäudes mit Blick nach Norden. Wie würde ich von hier aus in die Küche kommen? Wie würde ich dort aufgenommen werden? Wer würde mir zuarbeiten? Woher kamen die Zutaten? War das nicht alles verrückt? Sollte ich nicht doch das Weite suchen? Zweifel, die zu nichts führen, sind ungesund. Außerdem plagte mich der Hunger. Ich zog mich an und ging zur Tür. Im Moment, als ich den quietschenden Türgriff betätigte und die Tür aufstieß, wunderte ich mich auch schon, daß sie nicht verschlossen war. Ich trat auf einen Flur mit hohen Fenstern, durch die die Morgensonne fiel. Ein durchgelaufener Teppich bedeckte den Boden.

Ich ging an einigen Türen vorbei, bevor ich irritiert stehen blieb. Ich merkte, daß ich instinktiv an den Türen vorbeischlich, ängstlich darauf bedacht, keine lauten Geräusche zu verursachen. Wer oder was befand sich hinter den Türen? Ich klopfte und faßte nach dem Griff der nächstliegenden Tür. Sie war verschlossen. Ich lief zur nächsten. Ebenfalls verschlossen. Die dritte Tür ließ sich aufstoßen. Ich trat ein und stand in einem Zimmer, daß fast genauso eingerichtet war, wie mein eigenes. Es war unbewohnt. Über den Sesseln und Stühlen, dem Tisch und der Kommode lag eine dicke Staubschicht, im Kamin die Reste eines Feuers, das vor Jahren dort einmal geflackert haben mochte. Die Bettdecke hatte Löcher, die zweifellos nur von Motten herrühren konnten.

Ich verließ das Zimmer, ging den Flur entlang, öffnete eine weitere Tür und stand in einem völlig demolierten Zimmer. Wie lange mochte es her sein, daß hier ein Kampf, eine Prügelei oder eine häusliche Auseinandersetzung stattgefunden hatte? Auf dem Boden lag zerbrochenes Porzellan. Das Bett war verwüstet und nicht mehr in Ordnung gebracht worden. Im Kopfende entdeckte ich Löcher, die von Pistolenkugeln herrühren mußten. Braune Flecken auf Kissen und Laken mußten getrocknetes Blut sein. Am Ende des Flurs ein Zimmer mit geborstener Tür, die schief in den Angeln hing. Innen war das Mobiliar zu Kleinholz verarbeitet worden. Die Fenster waren zerschlagen, und ein leichter Hauch von Sommerduft strömte herein. Zerschlissene Gardinen wurden von einem Lufthauch bewegt. Auf dem Boden lag ein rostiger Säbel. Ich stieß mit der Fußspitze dagegen und wandte mich wieder um. Der Flur führte auf eine Wand zu, die mir überflüssig vorkam.

In der Ecke führte eine Wendeltreppe nach oben. Eigentlich wollte ich nach unten. Aber das Treppenhaus mußte in der anderen Richtung liegen. Ich blickte durch das reichverzierte, schwere, eiserne Gestell der Treppe hinauf und wollte schon umdrehen, da sah ich eine Gestalt dort oben stehen. Sie war größtenteils verdeckt, aber ich sah ein Paar Augen, die mich anstarrten.

«Hallo!» rief ich.

Ich bekam keine Antwort. «Hallo, ich bin fremd hier. Können Sie mir helfen?»

Die Gestalt regte sich nicht.

«Mein Name ist Pistoux. Ich suche die Küche.»

Endlich kam Leben in die Person.

«Ein Fremder», sagte eine hohe brüchige Stimme.

«Ja. Ich suche die Küche.»

«Er sucht die Küche», wiederholte die Stimme.

«Können Sie mir helfen?»

«Kann ich ihm helfen?»

Ich war verärgert. Diese Unhöflichkeit ging zu weit.

«Scheren Sie sich zum Teufel!» rief ich erbost.

«Er will, daß ich mich zum Teufel schere», murmelte die Person. «Er ist böse.»

Die Gestalt richtete sich auf und verschwand. Es war unmöglich zu beurteilen, ob ich es mit einem jungen oder alten Menschen zu tun hatte.

«He, warten Sie!» rief ich.

«Seien Sie ihm nicht böse», sagte eine Stimme hinter mir.

«Er hat mit mir gesprochen.»

Ich drehte mich erschrocken um: «Was?»

«Entschuldigen Sie, ich habe mich wohl angeschlichen.»

Vor mir stand ein kleiner, sehr alter Mann mit einem runzeligen, schmalen Gesicht und einem entschuldigenden Lächeln auf den Lippen. Nase, Mund und Ohren waren unverhältnismäßig groß, ebenso die Hände. Der Rest des Körpers schien geschrumpft zu sein.

«Gestatten Sie?» Er kam näher. Mit der rechten Hand stützte er sich auf einen Spazierstock mit goldenem Knauf. Der Knauf stellte einen Jagdhund dar, wie ich später erkannte. Ich sah ihn verstört an. Er blickte freundlich lächelnd an mir vorbei ins Sonnenlicht, das durch eines der Fenster direkt in sein Gesicht strahlte. Er blinzelte nicht. Er war blind.

»Ich bin der Baron von Trabia. Manche nennen mich auch ‹Trabona›, Krüppelchen.» Er lachte: «Weil ich ein bißchen hinke, seit ich als Kind vom Pferd gefallen bin.»

Er blieb vor mir stehen. Ich starrte ihn erstaunt an. Seine Augen waren hellblau, aber leblos.

«Seien Sie dem kleinen Umberto nicht böse, daß er weggelaufen ist. Eigentlich soll er mein Augenlicht sein. Aber manchmal fürchte ich, daß er noch weniger sieht als ich. Vielleicht ist er deshalb so ängstlich. Woher kommen Sie?»

«Ich bin Franzose.»

«Das ist schön. Wir hatten lange schon keinen Franzosen mehr zu Gast.»

Ich war verwirrt. War das hier nicht das Schloß von Don Franco? Wieso lebte dann ein Baron hier?

«Ich bin weniger Gast als ...» Ich stockte. Wie sollte ich meine Anwesenheit erklären.

«... Bediensteter? Schämen Sie sich dessen?»

«Nein, nein, es ist nur ...»

«Wir leben in Zeiten, wo Diener Herren und Herren Diener sind. Es gibt keine Unterschiede mehr. Eine ziemliche Unordnung, wie ich finde. Aber da ich nichts sehe, nehme ich keine Unterschiede wahr. Ich höre eine menschliche Stimme und bilde mir ein Urteil.»

«Don Franco hat mich in den Palast geholt.»

«Ich kenne keinen Don Franco!»

«Ich soll für ihn kochen.»

«Ach ja», der alte Baron klopfte sich mit dem Stock gegen das kranke Bein. «Sie wollten in die Küche.»

«Ja. Sehen Sie, ich bin in Trezzani gewesen, nach einem Schiffbruch und ...»

Der alte Baron hob den Stock und schnitt mir mit einer herrischen Geste das Wort ab: «Erklären Sie mir nichts! Ich habe mir schon zu viele Erklärungen anhören müssen. Erklärungen bringen nur alles durcheinander. Sie wollen in die Küche? Dann folgen Sie mir!» Ich zögerte. Ein Blinder wollte mich führen? Außerdem stieg er nun die eiserne Treppe hinauf. Dort oben würde sich die Küche wohl kaum befinden.

Ich folgte ihm. Was konnte schon passieren? Hatte ich nicht genügend Zeit? Umberto musterte mich aus sicherer Distanz, als ich ins obere Stockwerk stieg. Kaum war ich ganz oben, lief er davon. Er rannte wie ein Junge, war auch so gekleidet und trug weder Schuhe noch Strümpfe. Dabei mußte er über fünfzig Jahre alt sein, sein Haar war grau.

Im oberen Stockwerk fehlte die Wand, die mir unten den Weg versperrt hatte. Statt dessen gab es einen Durchgang, von wo aus einige Treppen durch einen dunklen Flur in einem Säulengang mündeten. Von dort aus konnte man über eine Brüstung in einen Innenhof blicken, in dessen Mitte sich ein Springbrunnen befand. Zwar waren die Fontänen versiegt, aber Wasser dümpelte noch im Brunnen, und die Gartenanlage um ihn herum machte einen wesentlich gepflegteren Eindruck als der Park draußen.

Der alte Baron stand neben mir und horchte: «Hören Sie den Brunnen plätschern?» fragte er.

«Nein.»

Er schüttelte den Kopf: «Sie sind taub.»

Ich wußte nicht, was ich darauf erwidern sollte.

«Kommen Sie!» Er stieß sich von der Brüstung ab und humpelte voran.

Wir liefen fast einmal komplett den Säulengang entlang, was mir merkwürdig vorkam.

«Gibt es keine Treppe nach unten?»

«Nein.»

«Aber ich dachte ...»

Der Baron hob den Stock und zeigte auf einen Torbogen. Ich war verwirrt. Das war doch der gleiche Gang, durch den wir hierher gekommen waren. Oder etwa nicht?

«Dort entlang.»

Die Abzweigung mitten im Flur hatte ich vorher nicht bemerkt. Sie konnte nicht versperrt gewesen sein, denn es gab keine Tür.

«Gehen Sie einfach immer weiter. Dann werden Sie schon irgendwann dahin kommen, wo Sie hinwollen.»

Ich sah ihn irritiert an. Sein Stock deutete in den dunklen Korridor, der langsam nach unten abfiel. Aber seine Augen waren gegen die Wand gerichtet.

«Gehen Sie! Sie haben mir schon genug Zeit gestohlen. Ich muß mich jetzt um meine Angelegenheiten kümmern.»

Er wandte sich ab und lief davon.

Ich folgte dem engen Gang, stolperte ab und zu über niedrige Stufen. Von oben kam ab und zu Licht, dann wieder war es zu dunkel, um überhaupt etwas sehen zu können.

Schließlich kam ich in einer Halle an, stieg einige Treppen zur nächstgelegenen Tür hoch, drückte die schwere Klinke herunter und trat in einen hohen hellen Raum. Es war die Küche.

Ich sah Feuerstellen, Herde, Öfen, einen schachtartigen Rauchabzug über alledem mitten im Raum. Es war eine Küche, wie man sie nur in Palästen findet. So groß, daß man mit einer riesigen Brigade arbeiten und hunderte von Bankettgästen bewirten konnte.

Im Moment war nur ein kleiner Ofen in Betrieb, von dem aus Rauch und Dampf in den überdimensionalen Abzug aufstiegen. Davor stand eine kleine Frau ganz in Schwarz. Wie alt sie war, ließ sich schwer schätzen. Sie hielt sich gerade und wirkte resolut und kräftig.

Als sie mich eintreten sah, nickte sie nur und sagte: «Ich warte schon auf Sie. Haben Sie Hunger?»

«Ich habe den Weg nicht gleich gefunden.»

«Das Haus ist groß», stellte sie fest. Dann deutete sie auf einen Tisch: «Setzen Sie sich.»

Sie brachte mir einen Teller, stellte Brot und Olivenöl dazu und kam dann mit einer Pfanne, in der sie gerade ein *Omelette mit Schafskäse* zusammengeklappt hatte. Das Omelette ließ sie auf den Teller gleiten.

Erst in diesem Moment wurde mir mein Bärenhunger wieder bewußt.

≺ II ≻ *FÜNF GRÄBER* Nach dem Frühstück zeigte mir die Alte den Vorratskeller. Wieder ging es einen engen, dunklen Korridor entlang, dann durch eine ächzende Tür und viele Treppen nach unten. «Dort ist der Weinkeller.» Die Alte deutete auf eine sperrige Tür, die eher zu einem Verließ zu passen schien. «Nur Don Franco hat den Schlüssel.» Sie fügte verbittert hinzu: «Aber vielleicht vertraut er Ihnen ja mehr als mir.»

Die Vorratskammer befand sich hinter einer niedrigen Tür. Die Alte öffnete sie mit einem Schlüssel, den sie aus der Schürze zog. Wir traten in ein niedriges Kellergewölbe. Schränke und Regale mit Flaschen, Gläsern, Fässern, Säcken und Kisten gab es hier. Alles, was man haltbar machen konnte, alles was man im Dunkeln, in kühler, trockner Luft aufbewahren konnte, befand sich hier. Auf den ersten Blick bemerkte ich eine Kiste mit Mehl, Säcke mit Bohnen, Pistazien und Mandeln, Gläser mit getrockneten Tomaten, Fässer mit Oliven, eingelegten Sardellen oder gesalzenen Kapern. Dahinter lagen viele Käsesorten, sorgfältig auf kleine Strohmatten ausgebreitet. Auch die Würste übersah ich nicht.

Noch etwas weiter, nach einem niedrigen Durchgang, wo wir uns bücken mußten, gelangten wir in den Kühlraum. Auf einer extra zu diesem Zweck zusammengezimmerten Halterung lagen große Eisblöcke. Unter ihnen befand sich eine Wanne, die das getaute Wasser aufnahm.

«Das Eis hat er von weit her kommen lassen, im Winter», sagte die Alte.

In diesem Raum wurde das frische Fleisch aufbewahrt. Schweinehälften, Federvieh, Hasen, Ziegen, Hammelkeulen. Alles vorbildlich behandelt und geordnet, wie ich feststellte.

«Es ist alles da», sagte die Frau.

«Wer kümmert sich darum?»

«Na wer schon. Ich natürlich.»

«Ah.»

«Ich kümmere mich um alles, was anfällt», sagte sie. «Alles.»

«Gibt es einen Gemüsegarten?»

«Natürlich. Gleich gehen wir in den Garten.»

Ich folgte ihr wieder nach oben in die Küche.

Dort lagen plötzlich Fische in einem Mamorbecken an der Wand. Sie sahen sehr frisch aus.

Frische Fische in den Bergen?

«Woher kommen die?»

«Sie werden jeden Tag gebracht. Es gibt einen Fischhändler, der die besten Fische für Don Franco beiseitelegt. Sein Sohn bringt sie jeden Tag mit dem Eselskarren hierher. Don Franco ißt nicht sehr viel Fisch.»

Im Mamorbecken lagen Seehechte, Rotbarben, Glasaale, Sardinen, Taschenkrebse, Meerspinnen, Seeigel, Seezungen, Tintenfische und Muscheln.

«Wer kocht das alles?»

Sie zuckte mit den Schultern: «Ich koche, wenn ich Lust dazu habe.»

«Und wer ißt das alles?»

Sie begann die Fische auf ihre Frische zu prüfen. Fühlte, ob die Fischhaut noch mit klarem Schleim überzogen war, sah nach, ob die Kiemen noch rot waren und die Augen ungetrübt und nach außen gewölbt.

«Wer herkommt, kriegt was zu essen, wenn was da ist.»

«Aber wer kocht für Don Franco?»

«Du kochst jetzt für ihn.»

Sie hatte sich ein Messer gegriffen, nahm eine Rotbarbe und schlitzte sie auf. Sie entfernte die Eingeweide, achtete jedoch darauf, daß die schmackhafte Leber im Fisch blieb. Das tat sie mit flinken Händen, sie war darin so geübt, daß sie kaum noch hinsehen mußte.

«Aber wer hat vorher für ihn gekocht?»

«Wenn er wollte, hat er etwas abbekommen. Manchmal geht er auch zu seinen Wächtern. Die grillen ihr Fleisch im Freien.»

«Hat er denn nicht regelmäßig gegessen?» fragte ich verwundert.

«So oft ist er nicht hier. Und wenn, dann sieht er sich in der Gegend um. Überall bekommt er etwas zu essen, denn er ist der Gabellotto.»

«Was heißt das?»

«Er treibt den Zehnten ein.»

«Steuern von den Bauern?»

Sie zuckte mit den Schultern: «Den Anteil, der für die Herren bestimmt ist.»

«Gehört das Land nicht dem Baron?»

«Es gibt keinen Baron.»

«Was ist mit dem Blinden? Er behauptet, er sei der Baron.»

«Ein Blinder?» fragte sie desinteressiert.

«Ja, er hat gesagt, er sei der Baron.»

«Davon weiß ich nichts.»

«Für wen treibt Don Franco dann die Steuern ein? Für den Staat?»

«Warum sollte er für den Staat sammeln? Ihm gehört jetzt das Land.»

«Hat er es gekauft?»

Sie stöhnte. Meine Fragen machten sie nervös. Mittlerweile hatte sie schon einen ganzen Schwarm Fische ausgenommen.

«Vielleicht hat er es gekauft, vielleicht hat er es auch von Garibaldi bekommen, vielleicht hat er es sich auch einfach genommen.»

«Wäre das möglich? Daß ein Mann wie Don Franco einfach den Palast eines Barons übernimmt?»

«Wenn er möchte, warum sollte er es dann nicht können?»

«Weil der Palast jemand anderem gehört.»

«Nein.»

«Was ist mit dem umliegenden Land?»

«Alles gehört Don Franco.»

«Ganz Sizilien?»

Sie lachte: «Nein, nur soweit man sehen kann.»

«Das ist viel.»

Sie zuckte mit den Schultern: «Es gibt auch viele Don Francos. Ihnen gehört das Wasser, ihnen gehört das Land.»

«Was machst du mit den Rotbarben?»

«Eine *Ghiotta*, ein Matrosenessen, dann können wir sie auch heute abend oder morgen noch essen, wenn wir wollen, oder wenn jemand kommt.»

«Matrosenessen?»

«Mit Essig.»

«Zeigst du mir das Rezept?»

«Es ist kein Geheimnis.»

«Danke.»

«Ich heiße Maddalena», sagte sie plötzlich, ohne aufzusehen.

«Ich heiße Jacques.»

Sie schwieg und legte den letzten gesäuberten Fisch beiseite.

«Gehen wir in den Garten», sagte sie.

Es war weder der Park noch der Innenhof, sondern ein extra angelegter Gemüsegarten von beachtlichen Ausmaßen.

Dort wuchsen Tomatenstauden, und ich sah viele leuchtend rote Paprikaschoten, dort drüben lag eine Terrasse mit Orangen- und Zitronenbäumen, hier wuchsen Auberginen und Melonen, außerdem Kapernsträucher und Feigenbäume. Hinter einem kleinen Olivenhain gab es einen Weingarten. Auch Mandelbäume waren zu sehen. Alles was das Herz eines Kochs begehrte, auch Artischocken in großer Zahl, sogar die kleinen, die man im Ganzen essen kann.

«Die Zeit der Pfirsiche und Aprikosen ist leider schon vorbei», sagte Maddalena.

«Sie wird wiederkommen.»

«Ja», sagte sie. «Das ist das Gute an einem gepflegten Garten. Alles kommt wieder.»

«Fast alles.»

«Ja, fast alles.»

«Wer kümmert sich um diesen Garten?»

«Ich. Manchmal hilft mir jemand. Ich frage die Wächter. Wenn ich ihnen ein gutes Stück Fleisch oder frische Fische gebe, arbeiten sie gerne. Es sind nette Kerle, aber es wäre besser gewesen, man hätte ihnen keine Gewehre gegeben.»

«Ich werde jetzt jeden Abend für Don Franco kochen. Er will es so.»

«Es ist alles da, was ein Koch braucht.»

«Ja.»

Hinter uns hörten wir jemanden rufen. Es war Umberto. Er stand in der Tür zur Küche und winkte.

«Ich muß jetzt fort», sagte sie.

Dann drehte sie sich um und lief durch den Garten davon. Kaum war sie gegangen, beschlich mich ein merkwürdiges Gefühl der Einsamkeit. Ich stand in diesem weitläufigen Garten, einem Paradies für jeden Koch, ich mußte nur die Hand ausstrecken und konnte ohne Mühe erlesene Früchte ernten, aber ich fühlte mich leer und nutzlos. Ich sollte nur für einen einzigen Menschen kochen?

Wieder begann ich über mein merkwürdiges Schicksal nachzugrübeln. Ich lief gedankenverloren durch den Garten, an den Weinreben vorbei, an denen überreife Trauben hingen, zwischen den Orangenbäumen hindurch, kletterte über eine kleine Mauer und stand plötzlich vor einem Grabstein.

Ich blieb stehen. Hier im Schatten gab es noch mehr von diesen alten, verwitterten Grabsteinen. Zumeist waren sie so alt, daß die eingehauenen Buchstaben kaum noch zu erkennen waren. Ich blickte auf: Rechts von mir stand eine kleine Kapelle. Und davor ein marmornes Grabmal von beachtlichen Ausmaßen. Das Grabmal stellte den Eingang zu einer Gruft dar. Ein schweres Eisengitter versperrte den Weg. Darin mußten wohl die Gebeine der ehemaligen Besitzer des Palastes ruhen.

Etwas weiter entfernt sah ich kleine Grabsteine, die weniger schief und verwittert aussahen als die anderen. Ich lief auf sie zu. Manche schienen erst kürzlich gesetzt worden zu sein. Ich studierte die Namen, sie sagten mir nichts. Aber die Sterbedaten dokumentierten, daß hier im Palast in den letzten fünf Wochen fünf Menschen gestorben waren. Fünf Männer. Die Namen sagten mir nichts. Mehr als Name, Geburts- und Sterbedatum standen nicht auf den Steinen. Es waren sehr einfache Grabmale. Don Franco schien diesen Menschen nicht besonders nahe gestanden zu haben, vermutete ich, wenn er sie so schmucklos beerdigen ließ.

Nachdenklich verließ ich den Friedhof. Meine Gedanken hatten sich verdüstert. Irgend etwas stimmte mit diesem Palast nicht und auch nicht mit den Menschen, die hier lebten. Im Garten angekommen setzte ich mich unter einen Mandelbaum und dachte nach. Irgendwann ertappte ich mich dabei, wie ich unwillkürlich über das Abendessen nachsann: *Orangensalat, Maccheroni mit Sardinen, Seehecht mit Rosmarin* und zum Abschluß eine Mandelmilch. Alles nicht unbedingt aufwendig, aber eine Reminiszenz an die Kochkunst von Rosalia Callà aus Trezzani.

Darüber schlief ich ein.

Als ich aufwachte, stand ein Fremder vor mir. Der Schlaf hatte mir gut getan. Ich fühlte mich entspannt, sogar ein wenig zufrieden. Vielleicht hatte der Garten eine heilsame Wirkung auf mich.

Der Mann sah aus wie ein Bauer, aber ein Blick in sein Gesicht und auf seine Hände verriet mir, daß es sich um einen Mann handelte, der nicht gewohnt war, mit den eigenen Händen hart zu arbeiten.

«Was wollen Sie denn schon hier?» fragte ich, während ich mich streckte.

«Wie bitte?» Er blickte nervös um sich.

«Sie sind zu früh.»

«Wissen Sie denn, wer ich bin?» fragte der Mann verwirrt.

Ich gähnte: «Einer von Fortunatos Leuten.»

Er starrte mich verblüfft an.

«Ihre Verkleidung ist nicht schlecht», sagte ich.

«Aber ...»

Ich schnitt ihm mit einer Handbewegung das Wort ab.

«Ich habe nichts zu berichten.»

«Aber ...»

«Sagen Sie Ihrem Chef, ich weiß nicht, was er will, und deshalb kann ich ihm nichts mitteilen.»

Er glotzte mich verständnislos an, drehte sich um und trottete davon.

Ein tumber Kerl, dachte ich, aber immerhin hatte er es geschafft, sich in den Palast zu schleichen.

↭ 12 ↮ DER ÜBERFALL

«Bravo», sagte Don Franco und hob sein Glas, «Sie haben gekocht wie meine Mutter.»

«Danke.»

«Es heißt immer, die besten Köche seien die Italienerinnen, aber Sie als Franzose können sich durchaus mit unseren Mamas messen.» Er lachte selbstgefällig über seine scherzhafte Bemerkung und griff nach dem Weinglas. Er hatte einen kräftigen Rotwein aus der Gegend des Etna gewählt. Durchaus eine gute Entscheidung. Im Gegensatz zu vielen Köchen war ich nicht der Meinung, daß zu einem Fischgericht grundsätzlich nur Weißwein getrunken werden durfte. Sardinen zum Beispiel verlangen nach einem ausdrucksvollen Getränk, und wenn ein Seehecht mit Rosmarin aromatisiert wurde, muß er auch einem Rotwein standhalten können.

Wir waren bereits beim Dessert angelangt.

Don Franco hatte tatsächlich darauf bestanden, daß ich jedes Gericht vorkoste. Dann wartete er einen Moment lang, ob sich eine Wirkung bei mir einstellte. Wenn er sah, daß ich an keinem Gift zugrunde ging, tauschte er die Teller aus und aß von meinem. Ich fand das etwas eigenartig, zumal alles, was wir aßen aus der gleichen Pfanne oder dem gleichen Topf kam. Auch fragte ich mich, vor wem Don Franco wohl eine so panische Angst hatte.

Er scherzte darüber, aber ich sah ihm an, daß er jedes Mal, wenn ich einen Probebissen nahm, ängstlich jede Regung in meinem Gesicht beobachtete.

Den Wein hatte er selbst aus dem Weinkeller geholt, zu dem nur er den Schlüssel besaß. Hier schien er keine Befürchtungen zu hegen. Er probierte selbst, ob die Qualität der betreffenden Flasche zufriedenstellend war. «Glauben nicht alle Nationen von sich, daß ihre Mütter am besten kochen?» sagte ich.

«Tun sie das?» fragte Don Franco desinteressiert.

«Ja, sogar in England glauben alle Menschen fest daran, daß ihre Küche die beste ist. Ich habe eine Zeitlang dort gearbeitet. Es war seltsam. Abgesehen von einigen Hochgebildeten und dem Adel schauen alle auf uns Franzosen herab, ignorierten die Errungenschaften unserer Kochkunst.»

«Was essen sie denn, diese Engländer?»

Ich beschrieb Don Franco alle Einzelheiten eines üppigen englischen Frühstücks mit Haferbrei, Würsten und Nieren und verharrte sehr lange bei der Beschreibung des geräucherten Herings, der bei den Briten traditionell mit heißem Wasser übergossen wird.

Don Franco schüttelte sich: «Erstaunlich, daß diese Engländer es geschafft haben, trotz ihrer seltsamen Diät die Welt zu erobern.»

Ich stimmte ihm zu.

«Sie sind in der Welt herumgekommen», sagte Don Franco und konnte einen bewundernden Unterton nicht verhehlen. «Sind Sie auch in Amerika gewesen?»

«Nein.»

Don Franco schnalzte mit der Zunge: «Dort wird nur italienisch gegessen.»

«Tatsächlich?»

«Ich habe einen Bruder in Amerika. New York. Er hat es mir geschrieben. Amerika ist groß. Bald wird es die Welt regieren.»

Ich hielt das für übertrieben, schließlich war Frankreich eine wesentlich bedeutendere Weltmacht, als die vor einigen Jahrzehnten erst unabhängig gewordenen englischen Kolonien, aber ich sagte nichts. Don Franco tat so, als sei ich freiwillig in seinem Haus. Tatsächlich aber war ich sein Gefangener. Schlimmer noch: sein Sklave. Mag sein, daß er mich mit Achtung behandelte, aber dennoch konnte ich nicht ignorieren, daß er mich gegen meinen Willen hatte hierher bringen lassen.

Don Franco liebte es, über die Weltpolitik zu sprechen:

«Warum habt ihr Franzosen Louisiana den Engländern verkauft? Das war ein Fehler.»

«Ich weiß es nicht. Ich habe gehört, dort sei alles nur Sumpf.»

«Ha! Amerika ist ein blühendes Land. Dort gibt es keine Sümpfe.»

Ich bezweifelte, ob er recht hatte.

Er blickte jetzt nachdenklich an mir vorbei, einen wehmütigen Zug um die Mundwinkel.

«Vielleicht werde ich nach Amerika gehen», sagte er. «Wenn ich erst verheiratet bin.»

«Sie wollen heiraten?»

Er kniff die Augen zusammen und sah mich scharf an: «Warum nicht?»

«Oh, es ist sicherlich eine gute Idee.»

Er nickte.

Ich sah den Moment gekommen, ihm etwas mehr auf den Zahn zu fühlen: «Wahrscheinlich ist es auch besser, wenn Sie Ihre Familie dann von hier fortbringen.»

Don Franco blickte erstaunt drein: «Wieso das?»

Ich zuckte unschuldig mit den Schultern: «Vielleicht ist es auch nur das Klima, das manche nicht vertragen.»

«Das Klima? Was ist mit dem Klima?»

«Mir scheint, es ist recht ungesund.»

«Unser Klima?»

«Die Menschen sterben ja offensichtlich schnell in dieser Gegend.»

Wieder kniff er die Augen zusammen.

«Ich war auf dem Friedhof.»

«So?»

«Dort stehen einige sehr neue Grabsteine.»

Er schwieg. Sein stechender Blick ruhte auf mir.

«Fünf neue Grabsteine. In nur fünf Wochen sind fünf Menschen hier gestorben.»

Er sah mich nur an. Ich wurde unsicher.

«Fünf Menschen in etwas mehr als einem Monat.»

«Und?»

«Eine Krankheit vielleicht?»

«Unsinn.»

«Wer waren die Menschen?»

«Woher soll ich das wissen?»

«Wenn Grabsteine auf dem Friedhof des Palastes stehen, dann ...»

«Ich weiß nichts davon.»

«Aber ...»

Er schnitt mir mit einer unwirschen Handbewegung das Wort ab und blickte mich herrisch an. Ich spürte, daß weiteres Beharren auf meiner Frage mich in Gefahr bringen würde.

Ähnlich war es mir ergangen, als ich die Grabsteine am frühen Abend in der Küche gegenüber Maddalena erwähnt hatte.

«Ich weiß nichts davon.» Genau das hatte sie auch gesagt. Und dann hatte sie sich abgewandt und war wieder ihrer Arbeit nachgegangen. Eine halbe Stunde lang hatte sie geschwiegen. Daß die Alte vor etwas Angst haben könnte, leuchtete mir ein. Aber Don Franco? Oder war er verantwortlich für den Tod der fünf Männer?

«Ich weiß nichts», hatte auch einer der Wächter zu mir gesagt, als ich ihm zufällig beim Durchqueren des Parks begegnet war und ihn angesprochen hatte.

Eben dieser Mann trat jetzt in den Saal, nachdem er laut gegen die Tür gepoltert hatte.

«Don Franco!» rief er atemlos. «Es ist wieder soweit.» Don Franco sprang fluchend auf und warf seine Serviette auf den Tisch.

Ich sah ihm erstaunt nach, wie er hinter dem Wachmann aus dem Saal rannte. Einen Moment lang saß ich ganz verdutzt da, überlegte, ob ich bleiben sollte oder einfach gehen durfte. Doch dann siegte die Neugier, und ich eilte den beiden hinterher.

Es war nicht einfach, ihnen zu folgen. Sie waren schnell, die Flure waren lang, verwinkelt, und unvermittelt zweigten Gänge ab. Durch eine Seitentür gelangte ich in den vorderen Innenhof und blieb stehen, um mich in der Dunkelheit zu orientieren. Nirgendwo war ein Licht zu sehen, bis auf die Sterne am klaren Himmel und die von Schleierwolken leicht verdeckte Sichel des Mondes. Dann sah ich sie. Don Franco und der Wächter stiegen eine Treppe zur Außenmauer hinauf. Oben auf der Brüstung konnte ich einige Schatten ausmachen.

Dann hörte ich einen Schuß. Dann noch einen und drei weitere. Schließlich eine ganze Salve. Der Palast wurde angegriffen. Ich war völlig überrascht. In was für einer Welt lebte ich? War dies das 19. Jahrhundert? Befand ich mich in Europa, oder war ich in eine ferne wilde Gegend des Erdballs verschlagen worden, wo noch barbarische Sitten herrschten?

Nun hörte ich Hufgetrappel. Dann den Schrei eines Mannes auf der Brüstung. Ein Schatten sackte in sich zusammen. Eine unbändige Neugier, gepaart mit Abenteuerlust, erfaßte mich. Ich lief über den Hof zur Treppe und stieg die steinernen Stufen hinauf.

Oben angekommen riß mich eine eiserne Faust zur Seite und drückte mich in eine Nische. Ich stolperte und wurde nach unten gedrückt. Eine Kugel zischte über meinen Kopf, ein Querschläger sprengte Mörtel aus der Mauer.

Der Wächter, der mich zu Boden geworfen hatte, sah mich überrascht an: «Was wollen Sie denn hier?»

«Was geht hier vor?» fragte ich.

«Nichts», antwortete er.

Noch immer umklammerte er mit eisernem Griff meinen Kragen und preßte mir die Luft ab.

Ich stöhnte. Er lockerte den Griff. Ich sank auf den Steinboden. Hinter dem Mann tauchte Don Franco auf. Sein Gesicht war grimmig verzerrt. Als er mich erblickte, packte ihn die Wut.

«Sie Idiot! Sie haben hier nichts zu suchen!»

Der Teufel muß mich geritten haben, aber ich blieb hartnäckig:

«Was geht hier vor?»

«Fort mit ihm!» schrie Don Franco.

Hinter ihm knatterte eine weitere Gewehrsalve. Ich hörte Hufgetrappel und das Wiehern von Pferden.

Noch einmal bohrte sich eine Kugel in unserer unmittelbaren Nähe in die Mauer.

Einer der Wächter packte mich und zog mich hoch.

«Bring ihn weg!» kommandierte der Don.

Der Mann gab mir einen Schubs, schrie plötzlich laut auf, röchelte und fiel über die Mauer in den Hof hinunter, wo er regungslos liegen blieb.

«Deckung!» rief ein anderer.

Ich entschied, daß es besser war zu fliehen. Geduckt hastete ich die Mauer entlang zur Treppe und kletterte nach unten. Dort hielt ich inne und lief zu dem Mann, der eben noch da oben vor mir gestanden hatte. Er lag mit dem Gesicht nach unten im Gras. Ich drehte ihn um. Sein Gesicht war von einer Kugel zerschmettert worden. Er war tot.

Der sechste Grabstein, dachte ich.

Ich ließ ihn liegen. Was hätte ich sonst noch tun können? Begleitet von Schüssen und dem Fluchen der Wachleute überquerte ich den Hof und trat durch die gleiche Tür, durch die ich gekommen war, in den Palast zurück.

Ich fand nicht in den Saal zurück. Statt dessen gelangte ich über eine Treppe wieder in den Säulengang im ersten Stock und blickte ein zweites Mal in den Innenhof. Ich konnte nicht viel mehr erkennen als die Umrisse des Brunnens, der nun überraschenderweise vor sich hin plätscherte.

Ich horchte auf dieses friedliche und beruhigende Geräusch. Von dem, was draußen vor der Palastmauer geschah, war hier nichts mehr zu vernehmen.

Ganz versunken starrte ich nach unten. Allmählich lösten sich meine verworrenen Gedanken auf, der Schrecken und die Ängste verschwanden, die Mauern meines Gefängnisses öffneten sich, und mir war, als würde ich davonschweben. Eine Tür knarrte. Jemand hüstelte hinter mir.

Nur langsam fand ich in die Wirklichkeit zurück. Ich spürte, daß mir zwei Tränen über die Wangen gerollt waren und wischte sie mit der Hand fort. Dann drehte ich mich um.

Es war der alte Baron. Er stand unter einem Rundbogen.

«Ich habe Sie weinen gehört», sagte er.

«Ich habe geweint?»

«Nur sehr leise.»

«Haben Sie die Schüsse gehört?»

«Ja. Sie haben wieder angegriffen.»

«Wer denn?»

«Banditen, Bauern, Soldaten, einfache Bürger, Polizisten? Wer weiß das schon. Heutzutage greifen alle zu den Waffen.»

«Aber warum?»

«Man geht auf die Jagd. Alles ist ins Wanken geraten. Die Ruinen der alten Gesellschaft werden geplündert. Und um die Reste, die noch unversehrt stehen, prügeln sich die Erniedrigten und Beleidigten. Alle reden von Gerechtigkeit mit dem Ergebnis, daß sich eine neue Klasse zur absoluten Herrschaft aufschwingt – bis zur nächsten Revolution.»

«Und was hat Don Franco damit zu tun?»

«Ich vermute, daß diejenigen auf ihn schießen, die bei seinem Siegeszug leer ausgingen oder Federn lassen mußten.»

«Ich verstehe gar nichts.»

Der Baron machte eine einladende Handbewegung: «Folgen Sie mir!»

Der Blinde führte mich durch den dunklen Korridor. Er ging sicher voran. Ich mußte mich an der Wand entlangtasten. Wer weiß, ob ich den Weg zurück ohne meinen blinden Führer überhaupt gefunden hätte.

~ 13 ~ DAS SEUFZEN IM KAMIN

Wir stiegen eine knarrende Treppe hinauf, liefen einen Flur entlang, der vom blassen Licht des Monds erhellt wurde, und gelangten durch ein vollkommen leeres Zimmer in die Bibliothek. Wenn mich mein Orientierungssinn nicht im Stich ließ, mußten wir uns im zweiten Stock befinden. Einen Stock tiefer vermutete ich mein Schlafzimmer. Es war eine große Bibliothek mit endlosen Bücherreihen an den Wänden und einigen hohen, ebenfalls restlos gefüllten Regalen in der Mitte. Vor einem Kamin standen einige Ledersessel, dazwischen ein Rauchtisch. Auf dem Kamin stand ein Leuchter, in dem alle Kerzen heruntergebrannt waren. Gleiches galt für den Lüster, der in der Mitte des Raums von der Decke hing. Wen die Porträts auf den großen Gemälden an der einzigen freien Wand darstellten, konnte ich deshalb nicht erkennen.

Das Licht reichte aus, um mich in die Lage zu versetzen, das schmale Bett zu erkennen, das merkwürdigerweise zwischen den Bücherregalen Platz gefunden hatte.

Der Baron setzte sich in einen der Sessel. Ich fand es eigenartig, mich in dieser Dunkelheit ihm gegenüber zu setzen.

«Es gibt keine Kerzen hier», sagte der alte Mann. «Ich hoffe, das stört Sie nicht.»

«Ich bin zu müde zum Lesen.»

«Ist es schon so spät?»

«Ich weiß nicht.»

«Seien sie mir nicht böse, wenn ich in solchen Dingen etwas nachlässig bin. Aber für mich hat die Zeit ihren Schrecken verloren. Da es auch kein Licht mehr für mich gibt, lebe ich in meiner eigenen Welt, ein wenig abseits Ihrer Wirklichkeit.»

Mich schauderte. Ich konnte mir nichts Schlimmeres vorstellen, als in ewiger Dunkelheit gefangen zu sein.

«Habe ich Sie jetzt erschreckt? Ich höre es an Ihrem Atem.»

«Ja, allerdings.»

«Keine Angst. Sie sind hier in bester Gesellschaft.» Er hob den Arm und deutete in den Raum: «Bücher. Manchmal habe ich den Eindruck, daß Bücher das einzige von Wert sind, das die Menschheit je hervorgebracht hat.»

»Auch Bücher sind vergänglich», warf ich ein und unterdrückte ein Gähnen.

«Bücher vielleicht. Aber nicht die Gedanken, die darin stehen.»

«Solange es Menschen gibt, die sie verstehen.»

«Ja. Ich lese jeden Tag ein anderes Buch.»

«Sie lesen?»

«Ja, ich nehme mir eines der Bücher und fühle mit den Händen nach den Buchstaben auf dem Rücken, finde heraus, welches Buch es ist und beginne zu lesen.»

Ich schwieg. War der Alte verrückt?

Er schien auch meine Gedanken zu lesen: «Nein, ich bin nicht verrückt, mein Freund. Ich lese die Bücher in Gedanken wieder, so wie ich sie damals gelesen habe. Kapitel für Kapitel, Seite für Seite. Ich blättere und erinnere mich. Und mit der Erinnerung an das Buch stellt sich auch die Erinnerung an all das ein, was damals um dieses Buch herum geschah: Menschen, eine andere Welt, Gerüche, ein Windhauch, den ich verspürte, das flirrende Licht über der heißen Ebene im Sommer, die silbrig glänzenden Blätter der Olivenbäume, aufbrechende Feigen, ein Frauenmund, ein Lachen ...»

«Und das, was in den Büchern steht?»

«Ich lese es. Jede abenteuerliche Episode eines Helden, jeder kühne Gedanke eines Philosophen ist in meinem Kopf fest verknüpft mit eigenen Gedanken und Gefühlen.»

Wieder kämpfte ich gegen ein Gähnen. Was war aber mit

abenteuerlichen Episoden, die man in der Wirklichkeit erlebte, fragte ich mich, waren die weniger real?

«Ich weiß noch genau», fuhr der Baron unbeirrt fort, «das ich gerade Voltaires ‹Candide› las – ein scheußliches Werk, sehr schlecht geschrieben, sehr langweilige Ideen, als könne man den Menschen an seinen Krankheiten erkennen, nun ja – ich las dieses Buch und verliebte mich in die schönste Frau der Welt.»

Aus dem Kamin drang ein hoher Ton. Ich horchte. Der Alte schien es nicht bemerkt zu haben.

«Die schönste Frau der Welt», fuhr er fort. «In Wahrheit war sie ein Mädchen. Sehr jung. Sie arbeitete in der Küche.»

Wieder glaubte ich diesen eindringlichen Ton zu hören. Ich erinnerte mich an die seltsamen Geräusche, die ich am Vorabend in meinem Zimmer vernommen hatte. Ich hatte geglaubt, daß es von hier oben kommen würde, aber nun schien es mir, als käme es aus dem Stockwerk unter uns. Aus meinem Zimmer?

«Damals gehörte alles Land hier meiner Familie. Wir lebten fast das ganze Jahr über in Palermo, nur im Frühling kamen wir her. Es war eine schöne Zeit für einen jungen Mann wie mich. Es gab viele Bücher, wenige Menschen, und der Palast war groß genug, um sich darin zu verlaufen.» Ich hörte zerstreut zu und beugte mich nach vorn. «Mein Vater sagte immer, ein Haus ist kein Palast, wenn man sich darin nicht verlaufen kann. Es gab viele Zimmer, Flure und Winkel, die nie jemand von uns betreten hatte. Ein Flügel des Gebäudes war noch gar nicht fertiggebaut, ein anderer wurde verändert, manchmal wurde etwas abgerissen, um etwas Neuem Platz zu machen. Nie konnte man sicher sein, daß im Jahr darauf der Palast noch genauso sein würde wie vorher. Das war die Welt, in der ich aufwuchs.»

Aus dem Kamin drang kein Geräusch mehr. Vielleicht war es doch nur der Wind? Mußte es mich überhaupt interessieren, was in diesem Haus vorging?

«Habe ich schon erwähnt, daß sie in der Küche arbeitete?» fragte der Alte.

«Bitte? Wer?»

«Das Mädchen.»

«Ja, in der Küche, ja.»

«Ich sah sie im Garten, als ich mit meiner Cousine Federball spielte. Sie kam aus Frankreich und hatte die Eleganz eines Maulesels. Ich glaubte, wir sollten verheiratet werden. Man dachte, ich sei schon zu alt, um länger warten zu dürfen. Die andere – Sie wissen schon...»

«Die aus der Küche.»

«Ja. Sie war noch sehr jung. Möchten Sie wissen, wie sie aussah?»

«Wie sah sie aus?»

«Wie eine Gazelle. Wenn man ihren Kopf berührte, war es, als würde man einen zarten Vogel streicheln, wenn man sie umarmen wollte, fauchte sie wie eine Raubkatze... aber später war sie zutraulich wie ein entlaufener Hund. Zierlich, klein, braune Haare, schwarze mandelförmige Augen.»

Ich war mir nicht sicher, ob mir diese Beschreibung des Barons gefiel. Aber ich war mir sicher, daß ich dieses Geräusch wieder gehört hatte.

«Wir trafen uns im Garten, als sie Wäsche aufhängte. Einen Tag später bedeckte ich ihre braunen Arme mit Küssen. Ich hatte beobachtet, wie sie in den Stall gegangen war. Dann liebten wir uns oben auf dem noch nicht fertiggestellten Turm. Meine Cousine ertappte uns. Sie ging mit dem Messer auf uns los. Ich sprang beiseite. Aber sie fügte meiner Gazelle eine tiefe Wunde zu. Ich habe es ihr nie verziehen.»

Ein leiser rhythmischer Singsang hing in der Luft. Vielleicht kam dieses Geräusch doch nicht aus dem Kamin? «Als wir später in den Bergen in einer Höhle hausten – das war ein Jahr später, nach der Verlobung mit meiner Cousine – sah ich, was sie angerichtet hatte: eine Narbe auf dem rechten Oberschenkel meiner Gazelle. Diese Narbe brachte mich zur Raserei.»

Ich hatte genug von dieser Geschichte. Dieser alte Mann wurde mir immer unsympathischer. Hatte er sich alles nur ausgedacht? Oder in einem seiner Bücher gelesen? Auf jeden Fall war er ein schlechter Erzähler, das stand fest.

«Nachdem sie uns fanden, wurden wir getrennt. Ich heiratete meine Cousine. Wir gingen nach Palermo und kamen jahrelang nicht mehr her.»

«Was geschah mit ihr?»

Er zuckte mit den Schultern und schwieg.

Ich spürte, wie sich eine bleierne Müdigkeit auf mich senkte. Ich wollte weg, ich wollte schlafen.

«Hören Sie das?» fragte er.

Tatsächlich, da war wieder dieses leise Heulen, fast klang es wie ein Schluchzen.

«Was ist das?»

Er verzog das Gesicht: «Ich stelle mir vor, daß sie mich ruft. Ich sehe sie wieder vor mir, wie sie damals war. Das ist viel einfacher jetzt, wo mir das Alter das Augenlicht geraubt hat.»

Dann schwieg er und stierte mit leerem Blick vor sich hin. Er sah aus wie ein Gespenst.

Mir fielen die Augen zu. Ich war kurz davor einzuschlafen. Mühsam stemmte ich mich hoch. Ich mochte den Baron nicht. Er hatte feige gehandelt. Und nun plagten ihn seine Schuldgefühle. Warum hatte er mir diese Geschichte überhaupt erzählt?

Ich ging in mein Zimmer und horchte, ob ich das Heulen wieder hören würde.

Nichts.

Ich legte mich ins Bett, und es blieb totenstill.

Ich schlief ein.

∼ 14 ∽ DIE SCHÖNE GEFANGENE

Der Blutgeruch stieg mir schon in die Nase, bevor ich die Tür zur Küche geöffnet hatte.

Ich war spät aufgewacht, nach einer unruhigen Nacht, in der ich mich im Halbschlaf auf dem Bett hin- und hergewälzt hatte. Ich fühle mich zerschlagen, benommen, kraftlos und demoralisiert. Das Gefühl, daß sich niemand um mich kümmerte und auch Don Franco mich nur aus einer sinnlosen Laune heraus als seinen Gefangenen hielt, machte mich schwermütig. Ich starrte auf den Baldachin des Himmelbettes und konnte mich nicht entschließen aufzustehen. Jeglicher Antrieb, eine Flucht zu planen, war in mir erstorben. Was machte das Leben in diesem Palast nur so bedrückend?

Irgendwann stand ich lustlos auf und zog mich an. Dann trottete ich den verwinkelten Weg nach unten in die Küche.

Der Blutgeruch alamierte mich. Ich stieß die Tür auf und erstarrte: Auf dem Arbeitstisch stapelten sich tote Tiere. Ich war verwirrt und blickte mich um. Niemand außer mir befand sich in dem großen hohen Raum. Unter dem Tisch hatte sich eine Blutlache gesammelt. Einen Moment lang spürte ich, wie mein Magen rebellierte. Dann riß ich mich zusammen. Ich war Koch, ich wußte, wie man mit toten Tieren umging. Ich trat näher. Es waren Kaninchen, Hühner, Zicklein,

ein Lamm und zwei Ferkel. Die Tiere waren offenbar fachgerecht geschlachtet und dann auf den Tisch geworfen worden. Wer hatte das getan? Was sollte ich mit so viel Fleisch anfangen?

Dann ergriff mich eine gräßliche Übelkeit. Da war noch mehr Blut. Es tropfte aus einer klaffenden Wunde vom Tisch herunter. Das war kein Tier. Das war ein menschlicher Körper, der dort unter den Tierkadavern lag. Gebannt von meinem schrecklichen Verdacht trat ich näher. Ich erkannte einen nackten männlichen Körper. Zwischen den Tierkadavern sah er mit seiner fahlen grünbläulich verfärbten Haut häßlich und obszön aus. Die durchsichtig wirkende Haut hatte dunkle Flecken, offenbar Spuren von Schlägen. Es war ein furchtbarer Anblick. Mein Magen rebellierte. Ich stürzte nach draußen in den Garten, fiel auf die Knie und übergab mich.

Es wollte gar nicht aufhören. Ich zitterte am ganzen Leib. Alles in mir krampfte sich zusammen. Ich rappelte mich auf, lief einige Schritte weiter und brach erneut zusammen. Kraftlos blieb ich auf einem ausgebleichten, trockenen Rasenstück liegen. Ich keuchte. Mein umnebelter Blick fiel auf eine schemenhafte Figur hinter einer Steinmauer im benachbarten Garten. Ich hatte keine Kraft, mich aufzurichten. Die Gestalt verschwand. Wer war es gewesen? Umberto? Der Spitzel von Brasi Fortunato?

Was spielte sich hier ab? Welcher kranke Geist hatte sich diesen grausamen Streich ausgedacht?

Ich hatte das Gesicht des Toten erkannt. Es war Giovanni, der Anführer von Don Francos Wächtern. Jemand hatte ihm die Kehle durchschnitten.

Schließlich fand ich wieder die Kraft aufzustehen. Mit zitternden Knien lief ich durch den Garten, trat durch einen Durchgang in den vorderen Hof und stieg die Treppe zum

Haupteingang hinauf. Ich stolperte durch die Halle und trat, ohne anzuklopfen, durch die Tür in den Saal.

Dort saß Don Franco und ließ sich von Maddalena das Frühstück servieren. Er hatte sich eine Serviette um den Hals gebunden und wirkte fröhlich und entspannt. Vor ihm auf dem Tisch stand eine Pfanne mit *gebratenem Käse* und daneben ein Korb mit Früchten. In der Hand hielt er ein Stück frisches Brot, mit der Gabel hatte er eine getrocknete Tomate aufgespießt. Aus einem Mundwinkel tropfte Olivenöl.

Er sah mich und verzog das Gesicht zu einem Grinsen, daß ich in dieser Situation nur als höhnisch empfinden konnte.

«Ah! Signore Pistoux. Ich habe schon nach Ihnen schicken lassen. Wo treiben Sie sich denn herum? Wir haben Wichtiges zu besprechen.»

Ich stand nur da, mir fehlten die Worte. Maddalena blickte mich sorgenvoll an.

«Waren Sie schon in der Küche?» fuhr Don Franco im Plauderton fort. «Die Bauern haben Fleisch gebracht. Wir werden heute abend ein Festessen für meine Freunde aus Trezzani veranstalten. Alte Bekannte. Sie kennen sie ja. Da werden Sie Gelegenheit haben, sich für Ihre Freiheit beim Capitano zu bedanken.»

Kalte Wut stieg in mir auf.

«Hören Sie auf!» stieß ich hervor.

Er sah mich erstaunt an: «Nanu? Haben Sie schlecht geschlafen? Setzen Sie sich. Essen Sie! Sie sind ja ganz blaß.»

«Ein Kadaver», murmelte ich. «In der Küche.»

«Haben Sie die Tiere gesehen? Ich lasse Ihnen freie Hand. Blamieren Sie mich nicht!»

Ich hatte einen scheußlichen Geschmack im Mund. Meine Kehle schmerzte. Es kostete mich einige Anstrengung, die Worte zu formulieren.

«Ein Mensch» krächzte ich, «liegt unter den Tieren. Ein Toter. Giovanni.»

Don Francos Gesicht verwandelte sich in eine ausdruckslose Maske. Er sah zu Maddalena hin. Sie verzog keine Miene.

«Was reden Sie da für einen Unsinn», sagte Don Franco. «Setzen Sie sich endlich. Sie haben geträumt.»

«In der Küche. Jemand hat ihm die Kehle durchgeschnitten.»

«Sie phantasieren, Signore Pistoux.»

«Nein.»

Don Franco warf Maddalena einen kurzen Blick zu. Sie ging nach draußen.

Kurz darauf kam sie zurück.

«Ich kann Giovanni nicht finden», sagte sie.

«Hol einen von den anderen.»

«Die anderen sind auch nicht da.»

«Was heißt, sie sind nicht da? Sieh bei den Ställen nach! Oder sag dem Wachposten, er soll herkommen.»

Maddalena nickte und verließ wieder den Saal.

Ich blieb, wo ich war. Don Franco griff demonstrativ nach der Gabel, stopfte sich die Tomate in den Mund und begann, seinen gebratenen Käse zu essen. Wie ich ihn da so sitzen sah, allein an dem Tisch im großen Saal, inmitten der leeren Ritterrüstungen, kam mir die Situation unwirklich vor.

Wir sprachen kein Wort mehr. Don Franco blickte nicht einmal zu mir herüber. Ich versuchte, mich zu beruhigen, indem ich langsam tief durchatmete.

Maddalena kam zurück.

«In den Ställen habe ich niemanden gesehen. Auch der Wachposten ist nicht an seinem Platz.»

Don Franco ließ die Gabel auf den Teller fallen und warf das Stück Brot fluchend auf den Boden.

«Was ist das für ein Unsinn!» schrie er.

«Vielleicht sollten wir doch mal in der Küche nachsehen», sagte ich. Ich spürte, wie ich wieder zu Kräften kam. Der Zorn über den Mann, der offenbar glaubte, mich als seinen Sklaven halten zu können, stärkte mein Selbstbewußtsein.

Don Franco schob geräuschvoll seinen Stuhl zurück und stand auf.

Wir folgten Don Franco durch die Eingangshalle nach draußen. Oben auf der Treppe blieb er stehen und blickte sich um. Niemand war zu sehen.

Don Franco murmelte etwas Unverständliches und trat wieder in die Halle. Von dort aus gingen wir einen breiten Flur entlang und bogen dann in einen Korridor ein, der in den Säulengang mündete, von dem aus man in den Innenhof sehen konnte.

Im Innenhof neben dem Brunnen saß eine Frau in einem einfachen hellen Kleid auf einer Steinbank. In der einen Hand hielt sie einen Sonnenschirm, in der anderen ein Buch.

Sie hatte uns nicht bemerkt.

Don Franco blieb wie vom Donner gerührt stehen.

«Was zum Teufel ...» sagte er.

Er warf Maddalena einen finsteren Blick zu. Die zuckte nur mit den Schultern.

«Das ... ist ... Rebellion ...»

Mit tiefer Genugtuung stellte ich fest, daß Don Franco kurz davor war, die Fassung zu verlieren.

«Wieso ...»

Die Frau im Innenhof hatte uns nun bemerkt. Sie blickte von ihrem Buch auf und sah in unsere Richtung. Ein schmales, ernstes Gesicht, sehr blaß, ebenmäßige Züge und eine schmale gerade Nase.

Als ihre Augen nur für einen winzigen Moment auf mir

ruhten, fühlte ich mich von einem Pfeil getroffen. Ein schöneres und geheimnisvolleres Wesen hatte ich niemals gesehen. Sie wandte sich wieder ihrem Buch zu. Einem Engel gleich schien sie von allem entrückt zu sein. Sie wunderte sich nicht über unsere Blicke. Sie machte keine Anstalten aufzustehen oder gar ein Wort des Grußes an uns zu richten. Sie saß nur da, wie eine übernatürliche Erscheinung im Licht des Morgens.

Don Franco eilte davon, und wir folgten ihm.

Er riß die Tür zur Küche auf, durchquerte den Raum, trat vor den großen Tisch, auf dem die toten Tiere lagen und griff wahllos nach ihnen, hob sie hoch und warf sie in den Raum.

«Wo ist die Leiche, wo ist hier eine Leiche!» schrie er. Er wütete wie ein Berserker und war in kurzer Zeit blutbesudelt. Einem Huhn riß er den Kopf ab, auf den Schweineleib prügelte er ein. Dann brüllte er: «Ihr sollt mir jetzt endlich sagen, was hier los ist! Wo seid Ihr gottverdammten Verschwörer?» Und wieder: «Wo ist die Leiche?» Er drehte sich um und starrte uns mit bebenden Lippen an. Dann blickte er auf seine besudelten Hände und schüttelte den Kopf.

Maddalenas Hand umkrampfte meinen Arm. Ich spürte, wie ihre Fingernägel mir ins Fleisch schnitten. Wollte sie, daß ich sie schützte, wollte sie verhindern, daß ich etwas Unüberlegtes tat, oder war sie einfach nur genauso fassungslos wie ich?

Als ich sie anblickte, bemerkte ich, daß sie die Stirn runzelte. Hielt sie mich für verrückt?

Eines stand jedenfalls fest: Die Leiche, die ich hier in der Küche gesehen hatte, war verschwunden.

Don Franco hatte seine Fassung wiedergewonnen. Er drehte sich zu uns um und sagte mit einem ungläubigen Lächeln: «Sie haben sich einen üblen Scherz mit mir erlaubt, Signore Pistoux.»

«Nein.» Ich schüttelte den Kopf.

«Ein wirklich übler Scherz, mein Freund», sagte er.

«Es war Giovanni. Er war tot. Seine Kehle war durchschnitten. Er lag dort auf dem Tisch.»

«Entweder sind Sie ein Lügner», sagte Don Franco, «oder Sie haben schlecht geträumt.»

«Das Blut ist aus einer klaffenden Wunde am Hals auf den Boden getropft», erklärte ich.

Aber inzwischen begann ich selbst an meiner Behauptung zu zweifeln. Als ich nähertrat und unter den Tisch spähte, war dort keine Blutlache mehr zu sehen.

Blutstropfen ja, aber die konnten auch von den Tierkadavern stammen. Aber die ekelerregende Pfütze, die ich gerade erst dort gesehen hatte, war verschwunden. Don Franco hob eine Hand: «Schweigen Sie! Sonst werde ich Ihnen höchstpersönlich die Kehle aufschlitzen.»

«Ich bin kein Lügner.«

Don Franco ignorierte meine Bemerkung.

Ich kam mir vor wie ein Idiot. Konnte es sein, daß ich eine Halluzination gehabt hatte? Was war mit mir geschehen? Hatten die letzten Stunden mir so zugesetzt, daß ich an meiner geistigen Gesundheit zweifeln mußte?

«Du gehst los und trommelst die Männer zusammen», sagte Don Franco zu Maddalena.

Sie nickte und verließ die Küche, ohne sich nochmal anzusehen. Hielt sie mich auch für einen Lügner?

«Und Sie, Signore Pistoux, beginnen mit den Vorbereitungen für mein Bankett.» Seine Augen blitzten. Dann fügte er kalt hinzu: «Und wenn Sie nicht alles zu meiner absoluten Zufriedenheit erledigen, werde ich Sie erschießen lassen.»

Dann zog er ein Blatt Papier aus der Jackentasche und hielt es mir hin.

«Da steht alles drauf.»

Damit drehte er sich um und ging.

Ich faltete das Papier auseinander und warf einen Blick darauf. Die krakeligen Buchstaben aus Don Francos Feder verschwammen vor meinen Augen.

Ich setzte mich auf einen Schemel und schloß die Augen. Dann stand ich auf und untersuchte den Tisch. Ganz offensichtlich hatte ich mir die menschliche Leiche nur eingebildet. Ich schob die Tiere beiseite und seufzte. Dann bückte ich mich und untersuchte den Fußboden. Dort hatte jemand mit einem Lappen gewischt.

Mein Blick fiel auf einen Wasserbottich, der in einer Ecke der Küche stand. Ich stand auf und ging hinüber. Er war voll mit Schmutzwasser. Ich überwand meinen Ekel und faßte hinein. Das Handtuch, daß ich herauszog, war einmal weiß gewesen. Jetzt triefte es vor Schmutzwasser und hatte sich rosa verfärbt. Also hatte jemand die Blutlache aufgewischt.

Als Maddalena zurückkam, berichtete sie, daß Giovanni und seine Leute tatsächlich verschwunden waren.

«Was wird nun passieren, wenn die Banditen wieder angreifen?» fragte ich.

Sie zuckte nur mit den Schultern und griff nach dem Korb, mit dem sie täglich frisches Obst im Garten einsammelte.

«Wer ist die Frau im Garten?» fragte ich.

Wieder zuckte sie nur mit den Schultern.

Ich gab es auf.

Dann überwand ich meine Abneigung und griff nach dem Ausbeinmesser.

∽ **15** ∾ *SCHÄFERSTUNDE* Maddalena sah mich überrascht an. Ich wunderte mich selbst. Es war merkwürdig. Sie mußte mich für einen Barbaren halten. Aber um die Erinnerung an den gräßlichen Anblick der Leiche mit der zerschnittenen Kehle loszuwerden, machte ich mich daran, die Tiere küchenfertig zu machen.

Ich warf Maddalena ein Huhn zu und befahl ihr, es zu rupfen. Ich griff nach einem Kaninchen und begann, ihm das Fell über die Ohren zu ziehen. Ich stellte erstaunt fest, daß das Tier gut abgehangen war.

Maddalena runzelte die Stirn, dann begann sie, das Huhn von seinen Federn zu befreien. Anschießend schnitt sie es auf und holte die Innereien heraus. Ich forderte sie auf, mehrere Schüsseln bereitzustellen. Darin sammelten wir die Innereien. Aus Leber und Nieren würden wir eine leckere Terrine oder eine Paté zubereiten können. Das Kaninchen zerteilte ich unterhalb des Brustkorbs, coupierte die Läufe. Schließlich hatte ich es in sechs Teile geteilt. Dann kam das nächste dran.

Mit den Zicklein verfuhr ich ähnlich. Es war beinahe wie ein Wettbewerb zwischen mir und Maddalena. Jeder arbeitete so konzentriert und schnell, als wolle er den anderen überrunden. Noch nie hatte ich in so kurzer Zeit so viele Tiere auseinandergenommen. Nur die beiden Ferkel würden wir im Ganzen garen, damit sie hübsch garniert als Mittelpunkt der festlichen Tafel von Don Franco bestehen konnten.

Mit dem Lamm hatten wir die meiste Arbeit, denn es war recht groß, und allmählich wurden die Messer stumpf. Normalerweise hätten wir sie nachgeschärft, doch war der Wetzstahl verschwunden. Ich dachte nicht weiter darüber nach, sondern griff nach dem Beil und ging nun etwas resoluter zu Werke, als eigentlich nötig, aber schließlich lagen Keulen, Rücken, Nacken und Kopf fein säuberlich voneinander getrennt vor uns. Ich fragte mich, ob ich den Schädel des Tieres ganz lassen sollte, entschied mich dann aber, ihn aufzubrechen, um das Hirn herauszuholen.

Wir sahen uns erschöpft an. Unsere Schürzen, die wir frisch umgebunden hatten, waren nicht mehr strahlend weiß, sondern mit Blutspritzern übersät. Da, wo wir uns die Hände abgewischt hatten, waren große rote Flecken. Ich zog die Schürze aus, warf sie in einen Bottich und sagte: «Gehen wir in den Garten!»

«Ich bringe uns was zu essen», sagte Maddalena.

Ich nickte schwach. Eigentlich hatte ich noch immer keinen Hunger.

Draußen stand die Sonne inzwischen hoch am Mittagshimmel. Es war sehr heiß und sehr ruhig. Wie immer um diese Zeit hatte ich das Gefühl, daß die Zeit stehengeblieben war. Ich ging ein Stück über das vertrocknete Gras, am Brunnen vorbei auf den Obstgarten zu. Unter einem Feigenbaum setzte ich mich in den Schatten, um mich auszuruhen. Der Arbeitsrausch hatte mich benommen gemacht und gleichzeitig leer. Es war sinnlos, über die Geschehnisse in diesem seltsamen Palast nachzudenken. Ich lehnte den Kopf gegen den Baumstamm und schloß die Augen. Ich hörte das Zirpen der Grillen und das Summen von Bienen. Es hätte das Paradies sein können, wenn nicht ...

«Pst.»

Ich wollte nichts hören.

«Psst.»

Mir war alles egal.

«He!»

Ein Fliege summte so nahe an mir vorbei, daß ich ihre vibrierenden Flügel auf der Haut spürte.

«Signore!» sagte eine männliche Stimme.

Wer die Augen nicht öffnet, sieht keine unangenehmen Dinge.

«Signore Postoux!»

Oder unangenehme Menschen.

«He!» Er faßte mich unsanft an der Schulter.

Obwohl ich seine Schritte auf dem trockenen Gras gehört hatte, zuckte ich zusammen. Einen Moment lang hatte ich wie ein Kind gehofft, daß die Welt für mich und ich für die Welt verschwunden wäre, solange ich die Augen fest geschlossen hielt.

Er war hartnäckig. Kniete sich vor mich hin, faßte mich mit beiden Händen an den Schultern und schüttelte mich.

Widerwillig schlug ich die Augen auf und blickte in das dümmliche Gesicht des Spitzels. Diesmal hatte er sich als Schäfer verkleidet. Wie lächerlich, dachte ich, wer glaubt einem Mann, daß er Schäfer ist, nur wegen dieser knappen, mit ungeschickten Händen geschneiderten Fellweste, die er sich übergezogen hatte? Er sah aus wie ein Theaterschauspieler, der seine Rolle nicht beherrscht. Auf seinem Kostüm entdeckte ich einen großen verwaschenen rötlichen Fleck.

Offenbar hatte er seinen Text vergessen. Vielleicht lag es daran, daß ich sehr abwesend wirkte.

«Geht es Ihnen gut?» brachte er schließlich heraus.

«Nein.»

Er hatte vor mir gekniet, jetzt setzte er sich hin. Nicht, ohne sich vorher ängstlich umzublicken.

«Was ist mit Ihrem Bericht? Capitano Fortunato erwartet Ihren Bericht.»

«Don Fortunato kann mir gestohlen bleiben.»

«Aber...»

«Er ist ein Sklavenhändler. Er hat mich an Don Franco verkauft!» rief ich aus.

Der Carabiniere sah mich entsetzt an: «Nicht so laut!»
«Warum nicht?»
«Niemand darf uns sehen.»
«Maddelena wird gleich kommen. Verschwinden Sie lieber.»
Er blickte hastig um sich.
«Ihr Bericht!» beharrte er.
«Ich habe nichts zu berichten.»
«Aber es war doch so abgemacht.»
«Tatsächlich?»
«Aber ja, Sie haben sich verpflichtet.»
«Lassen Sie mich in Ruhe. Ich trete von dieser Verpflichtung zurück.»
«Aber Capitano Fortunato ...»
«Ich erwarte nichts von ihm, also kann er auch nichts mehr von mir erwarten.»
«Aber es ist wichtig.»
Er ging mir auf die Nerven, dieser kleine, lächerliche Carabiniere in seiner Schäferuniform.
«Wichtig?» fragte ich. «Wissen Sie, was wichtig ist?»
«Was?» fragte er begierig.
«Daß der Baumwollfaden nicht zu dünn ist. Er darf nicht in das Fleisch einschneiden, sonst wird es trocken. Sie nehmen ungefähr eine Armspannweite und legen die Mitte unter die Enden der Beine ...» Er sah mich entgeistert an. «... dann führen Sie die Enden straff nach oben und kreuzen sie über den Beinen, ziehen sie nach oben und kreuzen sie erneut, ziehen sie stramm und binden einen festen Knoten ...»
«Wie bitte?»
«... am Halsende. Auf diese Weise wird die Brust angehoben und ...»
»Was reden Sie denn da?»

«Sie können den Körper auch zerteilen, vom Kopfende zum Brustbein ein Schnitt ...»

«Hören Sie auf!»

Ich hatte ihn ziemlich durcheinander gebracht.

«Haben Sie die Leiche von Giovanni versteckt?»

«Die Leiche?» Er beugte sich nach vorn.

«Ja.»

«Wo?»

«Sie ist wieder verschwunden. Deshalb frage ich ja. Haben Sie sie versteckt?»

«Ich?»

«Oder Ihre Leute.»

Der arme Carabiniere war nun völlig verwirrt: «Wo ist die Leiche?»

«Das frage ich Sie.»

«Nein. Ich frage Sie! Was soll das?»

Ich zuckte mit den Schultern: «Ich will mich hier nur ausruhen. Sie belästigen mich.»

Endlich fehlten ihm die Worte.

«Was wollen Sie eigentlich wirklich von mir hören?» fragte ich nun.

Er sah mich aus kindlich wirkenden Augen treuherzig an. Ich merkte, wie es in ihm arbeitete. Sollte er mir etwas verraten, um mich zum Komplizen zu machen? Dann würde er vielleicht eine Information aus mir herauslocken und nicht mit leeren Händen zu seinem Chef zurückkehren.

Er beugte sich nach vorn: «Es ist wegen der Frau.»

«Eine Frau?»

«Ja.»

Er blickte sich nochmal um. Es war ein lächerliches Schauspiel. Nun flüsterte er fast: «Eine Ausländerin.»

«Was ist mir ihr?»

«Sie wird hier gefangengehalten.»

«In diesem Palast?»

«Ja.»

«Doch nicht etwa von Don Franco?»

«Doch, doch.»

«Aber warum denn?»

Er dachte kurz nach. «Ich weiß nicht.»

«Wer ist diese Frau?»

Er zuckte mit den Schultern.

«Man hat uns gesagt, wir sollen sie freikaufen.»

«Und?»

«Es geht nicht.»

«Sie haben kein Geld?»

«Nicht deshalb. Es ist Don Franco. Er will sie nicht hergeben.»

«Warum nicht?»

«Ich weiß nicht.»

Wieder zuckte der Carabiniere im Schäferkostüm mit den Schultern.

«Warum nehmen Sie sie nicht einfach mit?»

Er sah mich erschrocken an: «Ich?»

Ich musterte ihn. In seinem Gürtel steckt ein Dolch: «Sie haben ja nicht mal eine Pistole bei sich.»

Er blickte verschämt drein: «Nein, als Schäfer ...»

«Es dürfte trotzdem kein Problem sein. Giovanni ist tot, und die Wachen sind verschwunden.»

«Die Wachen sind verschwunden?»

«Ja. Wenn Sie wollen, können Sie gleich handeln. Ihr Chef wird Sie befördern.»

«Nein, nein, allein darf ich nicht ...»

«Vielleicht heute abend.»

«Heute abend?»

«Nach dem Essen.»

Wieder sah er mich begriffsstutzig an.

Allmählich hatte ich genug. Er war doch von der Polizei! Er mußte doch wissen, was er tun wollte. Mich ging das alles nichts an. Ich war müde.

«Nach dem Essen. Oder morgen früh. Tun Sie doch, was Sie wollen.»

«Signore?» hörten wir eine andere Stimme rufen.

Der Carabiniere sprang auf.

«Signore?» Es war die Stimme von Maddalena.

«Ich bin hier!» rief ich.

Der Polizist starrte sie an, als sie plötzlich zwischen den Feigenbäumen auftauchte. Dann rannte er davon, ohne ein weiteres Wort zu sagen.

«Wer war das?» fragte Maddalena.

Sie hielt einen Korb in der Hand. Darin befanden sich Brot, Käse, einige frische Tomaten und Obst.

«Ein Schäfer.»

«Seltsam, ich kenne ihn gar nicht», sagte sie.

«Zerbrechen wir uns nicht über andere Leute den Kopf. Essen wir erst einmal etwas. Ich habe so das Gefühl, daß alle Rätsel sich mit der Zeit selbst lösen werden.»

Maddalena sah mich skeptisch an.

Ich nahm mir eine Tomate, und sie brach das Brot.

∻ **16** ∻ *AN DIE ARBEIT!* Ich schlief im Garten unter dem Feigenbaum. Um mich herum summte und zirpte es, Vögel zwitscherten, ab und zu raschelte es im trockenen Gras, wenn eine Maus ihrem Tagwerk nachging.

Maddelena war kopfschüttelnd gegangen, als sie mich gähnen gesehen hatte. Vielleicht war das Kopfschütteln auch eher ein Kommentar zu den hochfliegenden Plänen, die ich hinsichtlich des Abendessens hatte. Sie sagte: «Ich werde jetzt das Fleisch vorbereiten.» So, wie sie es sagte, schien sie zu hoffen, daß ich meine Wünsche noch einmal überdachte, meine Pläne einschränkte.

«Sollen sie sich doch totfressen», hatte ich gesagt. Natürlich fand sie das nicht richtig. «Das ist Gotteslästerung», sagte sie leise.

Ich zuckte mit den Schultern. Schließlich war Gott daran schuld, daß ich in diese Lage geraten war. Allerdings hielt ich mich zurück, Maddalena gegenüber meine freigeistigen Ansichten zu äußern. Statt dessen fragte ich sie nach ihrer Familie. Sie antwortete sehr zurückhaltend. Sie habe einen Sohn, sagte sie schließlich. Er sei bei der Armee. Sie mache sich Sorgen, weil ständig ein neuer Krieg ausbreche. Aber sie war auch stolz: «Ein schmucker Offizier.» Über den Vater verlor sie kein Wort. Ich fragte sie nicht, wie es der Sohn einer Köchin geschafft hatte, Offizier zu werden.

Nach meiner Mittagspause fühlte ich mich erfrischt und entspannt. Ich stand auf, reckte mich und ging gemächlich zur Küche zurück.

Maddalena war fleißig gewesen. Mit flinken Händen hatte sie das *Kaninchenfleisch* vorbereitet und mariniert.

Ich hatte ihr sehr gern zugestanden, daß sie das traditionelle Gericht ganz allein nach ihrem eigenen Rezept zubereiten durfte. Ich übergoß nun meinerseits das *Ziegenfleisch* mit reichlich Olivenöl, um es ebenfalls zu marinieren. Später würde ich es mit Kartoffeln, Schalotten, Knoblauch, Tomaten und gewürfeltem Käse in den Backofen schieben.

Wir heizten ordentlich ein und gerieten sehr bald ins

Schwitzen. Aber als Koch ist man gewohnt, in stickigen Räumen bei über 40 Grad zu arbeiten. Draußen war es jetzt am Nachmittag genauso heiß, wenn auch friedlicher. Aber wir wußten ja sehr genau, daß der Schein trog.

Maddalena hatte sich den *Hühnchen* zugewandt und füllte sie auf sizilianische Art. Bald hatten wir aus Knochen genügend Fond gekocht, um damit das Lammfleisch zu übergießen. Das *Agneddu agglassatu* war eigentlich ein festliches Osteressen, hatte Maddalena mir erklärt. Aber an diesem Tag war mir alles egal. Ich spürte zwar, daß meine «Raserei», wie sie sich ausdrückte, ihr unheimlich war, aber ich nahm darauf keine Rücksicht.

Noch heute kann ich mir kaum erklären, was für ein Teufel mich an diesem Tag geritten hat. Vielleicht war es der Schock angesichts der Leiche gewesen, vielleicht auch die Wut darüber, daß hier im Palast der Geist sinnloser Verschwendung herrschte? Ein Mann wie ich braucht seine Freiheit! Da ich nicht wohlhabend bin, muß ich sie mir erarbeiten. Die Küche ist mein Reich, dort bin ich Herr. Für Menschen unseres Standes ist Arbeit Freiheit. Reiche Müßiggänger werden das nie verstehen.

Wir servierten im großen Saal, während Don Franco draußen im vorderen Hof seine Gäste empfing, die wie fürstliche Herrschaften aus der Stadt in einem Zweispänner mit kleiner Eskorte angekommen waren. Alte Bekannte: Der Capitano hatte seine Freunde aus Trezzani mitgebracht. Als erster kletterte Dr. Spatu aus dem Gefährt, dann folgte Alfio Cipolla, der Pfarrer, schließlich Brasi Fortunato selbst.

Unter diesen Umständen war die üppige Festtafel durchaus angemessen, auch wenn diese Herren es niemals schaffen würden, alles aufzuessen. Ich sah Don Franco an, daß er erstaunt war über die Vielfalt, Üppigkeit und Anzahl der Gerichte. Der große Tisch bot kaum genug Platz, um alle Platten und Schüsseln aufzunehmen. Dabei hatten wir gar nicht alles serviert, was wir gekocht hatten. Einiges – Leber und Nieren – wollten wir zu Terrinen verarbeiten, anderes – einige der Kapaune und einige Portionen Ragouts – hatte Maddalena für sich behalten. Sie würde etwas davon der unbekannten Gefangenen bringen lassen, der sie sonst im Auftrag von Don Franco kargere Mahlzeiten gekocht hatte. Den Rest hatte ich für den Baron bestimmt.

«Falls du ihn finden solltest», hatte ich hinzugefügt.

«Falls es ihn gibt, finde ich ihn», hatte sie erklärt und verschmitzt dreingeblickt.

Es schien mir, als würde sie alle Schleichwege in diesem unübersichtlichen Palast kennen wie eine Eingeborene der Tropen die Pfade im Dschungel.

Dem Capitano und seinen Begleitern gingen die Augen über, als sie die festliche Tafel sahen. Don Franco befahl mir, mich neben ihn zu setzen. Auch am heutigen Abend mußte ich vorkosten. Heute erst recht, denn Don Franco schien sich Sorgen zu machen, daß er den Überblick über die vielen Speisen verlieren könnte. So wurde es etwas mühsam, denn ständig schob er mir seinen Teller hin und ließ mich einen Bissen probieren. Innerlich beglückwünschte ich mich: Wir hatten großartige Arbeit geleistet. Und endlich einmal wieder hatte ich mich an meinem Arbeitsplatz ausleben können. Ich war zufrieden. Don Franco weniger, denn ihn störte die linkische Art, mit der sich zwei von Fortunatos Carabinieri als Kellner versuchten. Seine Frage, wo Maddalena sei, beantwortete ich nachlässig und eher unbestimmt. Damit gab ich ihm zu verstehen, daß ich nicht vorhatte, mich für alle Ewigkeit als sein Sklave mißbrauchen zu lassen. Da Gäste anwesend waren, unterdrückte er mühsam einen Wutausbruch, zumal die Herren aus Trezzani schon dabei waren, ihn zu seinem Koch und mich zu meiner Arbeit zu beglückwünschen.

Natürlich hatten wir auch für eine Nachspeise gesorgt: Zum Schluß gab es eine erfrischende *Zitronencrème*.

Das Essen brachte die Herren in gute Stimmung. Dennoch wurde das Festmahl von etwas überschattet. Mir war nicht klar, um was es sich handeln konnte. Man plauderte absichtlich über Nebensächlichkeiten, gelegentlich versiegte das Gespräch. Dann sahen sich der Capitano und der Pfarrer ratlos an und hofften darauf, daß der Doktor mit einer amüsanten Bemerkung die Unterhaltung wieder in Gang brachte.

Zum abschließenden Kaffee war es dann soweit.

Brasi Fortunato räusperte sich. Der Pfarrer setzte ein ernstes Gesicht auf, und Dr. Spatu verzichtete darauf, einen eben begonnenen Witz zu Ende zu erzählen.

«Don Franco», begann der Capitano. «Wir wissen zu schätzen, daß Ihr uns zu diesem Festmahl eingeladen habt. Ihr wißt, daß wir gern gekommen sind, nicht zuletzt der Freundschaft wegen, die uns alle verbindet.» Er stockte, blickte in die Runde und sah ratlos aus.

Don Franco nickte nur.

«Und doch sind wir nicht ausschließlich zum Vergüngen hergekommen», half Dr. Spatu dem Capitano.

«Leider sind wir nicht nur zum Vergüngen hier», fuhr der Capitano fort. «Wir haben etwas zu besprechen.»

Don Franco runzelte die Stirn.

«Es ist ja nicht so, daß wir aus eigenem Antrieb ... Ihr wißt ja selbst, daß wir mitunter ... folgen müssen ... die neuen Verhältnisse.» Fortunato schien immer mehr Schwierigkeiten zu haben, auf das eigentliche Thema zu kommen.

«Palermo macht Druck», sagte Dr. Spatu. «Meine Freunde in der Politik sind ungehalten.»

«Rom ist besorgt», sagte der Pfarrer.

Don Francos Gesicht hatte sich endgültig verfinstert.

«Die Gräfin ...» sagte Fortunato.

«Ja, die Gräfin ...» echote der Pfarrer.

«Die Gräfin muß in ihre Heimat zurück», sagte Dr. Spatu.

Ich mußte zur Seite rücken, so sehr hatte Don Franco sich plötzlich am Kopfende der Tafel ausgebreitet. Er stemmte seine Arme rechts und links auf den Tisch, umfaßte mit seinen kräftigen Händen den Tischrand und atmete schnaufend, als könne er sich nur mit Mühe beherrschen.

«Es ist so», sagte der Capitano und sah dabei erstaunlich ängstlich aus, «daß wir den Auftrag haben, sie mitzunehmen.»

«Wir bringen sie zurück», sagte Dr. Spatu leichthin.

«Aber nur, wenn Ihr es erlaubt, verehrter Don Franco», fügte Brasi Fortunato hinzu. «Wir haben einen Brief aus Palermo dabei.»

«Und einen Brief aus Rom ...», beeilte sich der Pfarrer hinzuzufügen.

«Es ist sicherlich das beste für sie. Das Klima ist für eine Dame aus dem Norden nicht sehr, äh, erquicklich», sagte Dr. Spatu.

Inzwischen traten die Knöchel von Don Francos Händen immer mehr hervor und hatten sich weiß verfärbt. Sein Kiefer bebte.

Ich rechnete mit einem gewaltigen Wutausbruch. Aber er riß sich zusammen.

«Nein», sagte er mit kalter Stimme.

Dr. Spatu und der Pfarrer sahen ihn bestürzt an.

«Nein?» fragte Brasi Fortunato.

«Aber ... das ... das ... ist ...», stotterte der Pfarrer. «Ein schwerwiegender Fehler», urteilte Dr. Spatu mit erhobenem Zeigefinger.

«Ich werde Charlotte Sophie heiraten», sagte Don Franco. Betretenes Schweigen. Die drei Herren sahen einander entgeistert an.

«Eine Gräfin!» sagte Dr. Spatu.

«Eine deutsche Gräfin», ergänzte der Pfarrer.

«Das ist unmöglich», flüsterte der Capitano und ließ offen, ob er die gerade entstandene Situation oder die von Don Franco angestrebte Heirat meinte.

«Ich werde es tun, und niemand wird mich davon abhalten.» Don Franco lehnte sich zurück und verschränkte die Arme. Sollte dieser linkische, ungehobelt wirkende Mann etwa ernsthaft in seine schöne Gefangene verliebt sein?

Und was war mit ihr? Hätte sie eine Wahl? Wußte sie überhaupt, daß hier vier Männer saßen und über ihr Schicksal stritten? Wußte Sie, daß Rom und Palermo sich um ihre Freilassung bemühten? Vor meinen Augen erschien das märchenhafte Bild der schönen jungen Frau am Brunnen. Sie hatte so unwirklich gewirkt, so entrückt. Charlotte Sophie.

Brasi Fortunato hatte keine andere Wahl, er mußte Stärke zeigen: «Ihr werdet sie freigeben müssen!»

«Nein», sagte Don Franco und zog eine Pistole, die er offenbar unter der Jacke verborgen hatte.

«Don Franco, was tut Ihr da?» rief der Pfarrer.

Dr. Spatu hob beschwichtigend beide Hände: «Ihr übersehr, daß Ihr keine Chance habt.»

«Wie kommt Ihr nur auf einen derartigen Gedanken?», sagte Don Franco mit einem häßlichen Grinsen.

«Unsere Eskorte», sagte Fortunato.

«Pah!»

«Wir wissen, daß Eure Männer geflohen sind, Don Franco», sagte der Capitano.

«Woher wißt Ihr das?»

«Es gehört zu meinen Pflichten, informiert zu sein», sagte Fortunato.

«Kommt zur Vernunft», schlug Dr. Spatu vor. «In aller Freundschaft, Don Franco ...»

«Nein!»

«Geht in Euch», murmelte der Pfarrer.

«Ihr glaubt, mit Euren paar Mann könnt Ihr mich bezwingen?» fragte Don Franco und schwenkte die Pistole von einem zum anderen.

Jeder, der ins Visier kam, zuckte zusammen. Auch ich blickte für einige Sekunden direkt in den Pistolenlauf.

«Es sind noch einige Männer draußen vor dem Tor», sagte Fortunato.

«Und das Tor ist offen», fügte Dr. Spatu hinzu.

Don Franco grinste jetzt unverhohlen.

«Don Franco, bitte», sagte der Pfarrer, «die Pistole.» Er rang die Hände.

«Sie sind erledigt», sagte Dr. Spatu.

«Mir bleibt keine andere Wahl», sagte der Capitano bekümmert.

«Sie täuschen sich», erklärte Don Franco triumphierend und deutete mit der Pistole zur Tür.

«Das Tor war offen», dröhnte plötzlich eine Stimme durch den Saal. «Wir haben es geschlossen.»

Ich drehte mich um.

In der Tür stand ein junger, gutaussehender Mann, einen Karabiner im Anschlag. Über seiner Brust keuzten sich zwei Patronengurte.

Er schoß aus der Hüfte. Don Franco schrie. Die Pistole fiel ihm aus der Hand und polterte zu Boden.

∼ 17 ∼ RINALDOS RACHE   Don Franco war fassungslos. Von seiner Hand tropfte Blut.

«Was zum Teufel ...», fluchte er.

«Keiner bewegt sich!» kommandierte der Bandit.

Hinter ihm drängten sich weitere Männer in den Raum. Sie formierten sich, Gewehre und Pistolen im Anschlag. Insgesamt waren es acht junge Männer. Sie sahen erstaunlich gepflegt aus. Zwar trugen sie Waffen und breite Patronengurte, aber ansonsten relativ saubere Anzüge, zwei hatten sogar Krawatten umgebunden. In ihren Augen flackerte Haß, aber auch Triumph.

Don Franco konnte noch immer nicht glauben, was ihm wiederfuhr. Verunsichert und nach Fasssung ringend versuchte er einige Schritte nach vorn.

«Stehenbleiben!» rief der Anführer.

«Aber ... wie könnt Ihr ...», stotterte Don Franco. Der Capitano verstand als erster, wem er gegenüber stand.

«Ihr habt Rinaldo eingeladen», sagte er anklagend zu seinem Gastgeber.

«Das ist Verrat», stellte Dr. Spatu fest.

«Wie konntet Ihr nur», murmelte der Pfarrer.

«Wie konntet Ihr nur», wiederholte der Anführer der Banditen nicht ohne Spott. Währenddessen hatte ich Zeit, die eingedrungenen Männer zu betrachten, denn niemand achtete auf mich. Einen von ihnen kannte ich: Es war 'Ntoni Callà aus Trezzani. Aber er würdigte mich keines Blickes. Er trug keine Krawatte. Trotzdem sah er wie die anderen aus, als hätte er sich für ein fröhliches Dorffest angezogen – wenn man mal von den Waffen absah.

«Danke für die Einladung», sagte Rinaldo ironisch. Ich hatte schon von diesem Bandenführer gehört. In Trezzani nannte man ihn den «Schönen Rinaldo», weil er und seine

Leute im Gegensatz zu anderen Banditen Wert auf ihr Äußeres legten und sich einigermaßen zivilisiert verhielten.

«Ja, ich habe Rinaldo eingeladen, aber ...» Don Franco stöhnte, während er sich ungeschickt bemühte, seine Blutung mit einem Taschentuch zu stillen. Nun war doch nicht alles nach seinem Plan gelaufen.

«Wo sind denn eure tapferen Männer?» fragte Rinaldo.

Der Don zuckte mit den Schultern. «Ich weiß es nicht. Aber eins weiß ich», er deutete mit der unverletzten Hand auf Brasi Fortunato: «Er hat mich verraten.»

Der Capitano schnaufte empört: «Das nehmt Ihr sofort zurück, Don Franco.»

«Ihr habt dafür gesorgt, daß meine Leute verschwinden.»

«Unsinn.»

«Aber Don Franco», sagte der Pfarrer, «was redet Ihr denn da?»

«Er!» Don Franco deutete auf mich: «Er ist mein Zeuge!» Es war mir sehr unangenehm. Plötzlich sahen mich alle an.

«Wer ist das?» fragt Rinaldo.

«Der Koch», sagte Don Franco.

«Was weiß er denn, der Koch?»

«Er hat Giovanni gefunden, in der Küche, ermordet.»

«So, so. Stimmt das, Koch?»

«Ja», sagte ich.

«Weißt du auch, wer ihn ermordet hat?»

«Nein.»

Rinaldo wiegte den Kopf zweifelnd hin und her: «Was ist das für ein Zeuge, Don Franco? Wo ist die Leiche?»

«Fort. Giovannis Leute haben seine Leiche mitgenommen. Sie sind auf und davon.»

«Vielleicht war es ein Streit unter Männern», schaltete sich Dr. Spatu ein.

«Warum sollten sie sich streiten?» fragte Don Franco verwirrt.

«Ganz offensichtlich gibt es hier im Haus viel Anlaß zu Streit, wie wir gerade erleben», sagte Dr. Spatu.

«Streit kann man schlichten», warf der Pfarrer ein.

«Wir sind in eine Falle gelockt worden», bemerkte der Capitano plötzlich.

Rinaldo grinste breit.

«Und Ihr», wandte sich der Capitano an Don Franco, «sitzt genauso in der Tinte wie wir.»

Rinaldo grinste noch breiter.

Don Franco erbleichte und begann zu zittern.

«Eine bemerkenswerte Situation», sagte Dr. Spatu. «Was gedenkt Ihr zu tun, Don Fortunato?» In seiner Stimme schwang ein wenig Spott mit.

Alle Augen richteten sich auf den Capitano, der nicht wußte, wie er reagieren sollte.

Ich selbst hatte Verständnis dafür, daß er dastand wie ein begossener Pudel, denn offen gesagt, hatte ich längst den Faden verloren. Mir war völlig unklar, was hier vor sich ging. Auf den ersten Blick schien alles logisch: Eine abendliche Tafelrunde wurde von Banditen überfallen. Nun wurde aber behauptet, der Gastgeber habe die Banditen eingeladen. Zu seinem Schutz, wie er sagte, weil er Angst hatte, daß einer seiner Gäste, der Capitano, ihn hintergehen wollte. So weit so gut, aber hinzu kam, daß der Bandit gar nicht wirklich auf der Seite von Don Franco zu stehen schien. Während ich darüber nachdachte, wuchs in mir ein eindeutiges Bedürfnis: Ich wollte so schnell wie möglich aus diesem Teufelskreis verschwinden.

Der Pfarrer war inzwischen auch nervös geworden. Mit einem Gesichtsausdruck zwischen Ekel und Mitleid trat er zu

Don Franco und sagte: «Was macht Ihr denn da mit eurer Hand? Sie blutet ja immer noch.» Er warf Dr. Spatu einen strafenden Blick zu: «Doktor, warum tut Ihr denn nichts? Er wird uns noch verbluten.»

Don Franco wandte sich unwirsch ab: «Laßt mich in Ruhe!» Dr. Spatu war vor allem daran interessiert, die verzwickte Situation zu analysieren.

«Was wollt Ihr eigentlich?» fragte er den Banditenchef.

«Daß Ihr das Maul haltet», sagte Rinaldo scharf.

Der Doktor war empört: «So redest du nicht mit mir, Bauerntölpel!» rief er. «Nicht mit Dr. Spatu. Von einem lumpigen Banditen lasse ich mich nicht anpöbeln.» Rinaldo zuckte nicht einmal mit den Wimpern. Er hob seinen Karabiner und schlug Dr. Spatu mit dem Lauf auf den Kopf. Der Arzt schnappte nach Luft und fiel um.

Der Pfarrer erstarrte mitten in seiner Samariter-Tätigkeit, und ich war wie vom Donner gerührt.

Don Franco hingegen handelte. Er warf sich auf den Boden, kroch flink wie ein Wiesel zur Seite, schnappte sich mit der unverletzten Hand die Pistole, die er fallen gelassen hatte, und schoß auf den Anführer der Banditen.

Der sprang zur Seite und suchte Schutz hinter dem Tisch. Seine Männer duckten sich, fielen auf die Knie, schossen nun ihrerseits in Richtung Don Franco, konnten aber nicht direkt auf ihn zielen, weil die Tafel mit den Resten des üppigen Abendessens ihnen die Sicht versperrte.

Brasi Fortunato hastete zur Seite und suchte in einer Nische zwischen zwei Kommoden Schutz. Dabei sagte er ständig: «Wo sind meine Männer? Wo sind meine Männer?» Sie kamen nicht.

Ich hatte mich hinter der Tafel auf den Boden geworfen und versuchte nun, so schnell wie möglich aus der Schußlinie zu gelangen. Dazu mußte ich mich so weit wie möglich von Don Franco entfernen, dem Brasi Fortunato gerade seinen eigenen Revolver hinschob. Es sah so aus, als wolle er sich ergeben, aber der Capitano schien trotzdem Wert darauf zu legen, daß Don Franco die Waffe in die Hand bekam. Solange er selber schoß, wurden auch auf ihn Schüsse abgegeben. Das erhöhte für Fortunato die Chance, daß möglichst viele Beteiligte umkamen. Jeder Erschossene erhöhte seine eigene Überlebenschance.

Auf mich achtete keiner. Ich robbte durch den Saal, vorbei am Kamin, vorbei an Sesseln, Truhen und Schränken und erreichte eine schmale Tapetentür, die mir bereits früher aufgefallen war.

Während hinter mir der Pulverdampf immer dichter wurde, und zu den Schüssen das Ächzen und Stöhnen der Verwundeten hinzukam, zog ich die Tür auf und verschwand in dem engen Durchgang.

Ein enger Korridor ohne Licht, steinerner Boden, rauhe Wände, je weiter ich ging, um so orientierungsloser wurde ich. Es war schwer zu sagen, ob der Gang ebenerdig oder eher leicht aufwärts oder abwärts führte.

Ich hörte meinen schnaufenden Atem. In der gefährlichen Situation im Speisesaal hatte ich das Gefühl gehabt, mein Herz könnte jeden Moment stillstehen. Nun versuchte ich, meinen Atem wieder unter Kontrolle zu bekommen, meinen Herzschlag zu verlangsamen.

Ich gelangte in ein Kellergewölbe. Von dort aus stieg ich einige Treppen nach oben, glaubte Schritte zu hören und bog deshalb in einen kleinen Seitengang ein, der steil anstieg. Dann eine enge, gewundene Treppe, eine Tür, und nun stand ich in dem Säulengang im ersten Stock, von wo aus man in den üppigen begrünten Innenhof sehen konnte. Jetzt allerdings war es dunkel. Ich hörte das Plätschern des Brunnens. Und wie aus weiter Ferne drangen Männerschreie und zwei letzte Schüsse aus dem Nichts herüber. Der Saal war weit entfernt. Zeit zu verschnaufen. Ich lehnte mich auf die Brüstung und starrte nach unten. Natürlich suchte ich nach ihr. Jemand mußte sie vor den Banditen im Palast warnen.

Ich merkte, wie sich mein Mund zu einem bitteren Lächeln verzog. Banditen im Palast! Dies war doch ohnehin schon das Schloß eines Verbrechers. Und sie, die schöne Unbekannte, wurde gegen ihren Willen hier festgehalten. Was konnte ich ihr da noch an schlimmen Neuigkeiten bieten? Und wie sollte ich sie befreien, wenn ich den Weg zu ihr nicht kannte?

Einen Moment lang zog ich in Erwägung, einfach zu flüchten und alles hinter mir zu lassen. Aber ich wußte, daß ich es mir niemals verzeihen würde. Ich rief mir das Bild der Gräfin ins Gedächtnis und sah Charlotte Sophie vor mir, wie sie dort unten im weißen Kleid mit dem Sonnenschirm am Brunnen gesessen hatte. Sicher unglücklich, aber gefaßt. Und nun wurde die hilflose Schöne von neuen Gefahren bedrängt. Nein! Sollte es in meiner Macht stehen, würde ich nicht zulassen, daß sie in die Hände der Banditen geriet. Außerdem war es höchste Zeit, sie aus diesem Palast zu befreien.

Ich stieß mit dem Fuß gegen eine halb abgebrannte Kerze, die vor mir auf dem Boden lag, und hob sie auf. Dann kramte ich aus meiner Hosentasche ein Zündholz hervor.

Viel Licht war es nicht, aber ich konnte meinen Weg besser erkennen. Ich stieg Treppen hinauf und hinab, trat durch Torbögen, durchquerte leere Säle, zwängte mich durch schmale Durchgänge in enge Korridore, lief lautlos über Teppiche in endlosen Fluren, durchkämmte ganze Zimmerfluchten und landete immer wieder in einer Sackgasse. Meine Kerze brannte ab. Ich zog in Erwägung, mit einer Fackel oder einem

Lüster weiterzugehen, um mehr Licht zu haben, verwarf die Idee aber. Zwar hatte ich mittlerweile das Gefühl, womöglich ganz allein in diesem unübersichtlichen Palast zu sein, aber hinter jeder Ecke, hinter jedem Mauervorsprung, vielleicht auch hinter der Säule direkt vor mir, konnte ein Bandit lauern.

Wo war das Gefängnis der schönen Gefangenen?

Ich fand es nicht. Eine tiefe Mutlosigkeit überfiel mich. Ich hatte mir unwillkürlich vorgestellt, mit ihr noch im Schutz der Nacht aus dem Palast zu flüchten. Aber als ich nun nach draußen blickte, erkannte ich, daß der Morgen graute und ich keinen Schritt vorangekommen war.

Wie sollte es nun weitergehen?

Plötzlich stand ich vor der Tür meines eigenen Zimmers. Erschöpft trat ich ein und setzte mich auf das Bett. Ich horchte. Könnte es sein, daß ich wieder diese Stimme vernahm? Würde sie mir diesmal den Weg weisen?

Nichts.

Ich ließ mich auf das Bett fallen, schloß die Augen, öffnete sie wieder, starrte den Baldachin über mir an und dachte an den blinden Baron. Konnte er mir helfen?

Ich richtete mich wieder auf. Einen letzten Versuch wollte ich wagen, obwohl sich mein träger Körper gegen das Aufstehen wehrte.

Ich trat wieder nach draußen, lief den Flur entlang und stieg die ächzende Wendeltreppe hinauf.

Mir fiel auf, daß ich die ganze Zeit nur im Erdgeschoß und im ersten Stockwerk gesucht hatte. Vielleicht war das ein Fehler gewesen.

Nun stand ich vor dem Eingang zur Bibliothek. Ich zögerte. Sollte ich wirklich mitten in der Nacht hier eindringen und den blinden alten Mann wecken? Ich entschied, daß es meine Pflicht war, ihn von den Geschehnissen des Abends zu unterrichten.

Die Kerze gegen mögliche Zugluft abgeschirmt trat ich in die Bibliothek und näherte mich dem Bett. Der flackernde Lichtschein fiel auf das Lager.

Ich erstarrte.

Der alte Mann lag dort, aber er lag dort nicht allein. Maddalena war bei ihm. Sie waren nackt. Die Hand des Alten lag auf dem Oberschenkel seiner Geliebten. Sie war etwas verrutscht, so daß ich die große häßliche Narbe erkennen konnte, die das Bein verunstaltete.

Maddalena war also die mysteriöse Geliebte aus der Jugend des Barons. Sie waren noch immer ein Paar.

Ich schämte mich für meine Neugier und fragte mich, warum der Baron mir nur die Hälfte seiner unrühmlichen Liebesgeschichte erzählt hatte. Ich stand da, starrte sie an und wußte nicht, was ich tun sollte.

Leise schloß ich hinter mir die Tür.

∻ 18 ∻ DUELL IM DUNKELN

Ich sah nur den Schatten, der sich von der Wand löste und sich langsam in meine Richtung bewegte. Er kam lautlos auf mich zu.

Zunächst hatte ich das Gefühl, einer übernatürlichen Erscheinung gegenüberzustehen. Ich erstarrte, blickte wie gebannt auf die dunkle Gestalt, die immer größer wurde.

Erst als ich die Schritte auf dem Steinfußboden hörte, erwachte ich aus meiner Trance. Das war kein Geist, das war ein Mensch.

Er prallte mit voller Wucht gegen mich. Ich verlor das

Gleichgewicht, klammerte mich an ihn, und wir gingen zu Boden. Mir blieb die Luft weg, als der schwere Körper auf mich fiel. Der Mann fluchte.

Ich spürte etwas Kaltes an meiner Kehle.

«Jetzt kommst du mit!» zischte der Mann.

Ich roch seinen schlechten Atem. Das Kalte an meiner Kehle war ein Messer.

Offenbar war er nicht einer der Schlausten. Hastig tastete ich ihn ab und bekam den Knauf seines Revolvers zu fassen, der in seinem Gürtel steckte. Ich zog die Waffe heraus und hielt ihm den Lauf gegen den breiten Schädel. Er erstarrte.

«Das Messer weg!» kommandierte ich.

«Pistole weg!» stieß er gepreßt hervor.

Ich drückte den Lauf gegen seinen Hinterkopf. Leider hatte ich nicht genug Spielraum, um mit dem Arm ausholen zu können und ihn mit der schweren Waffe bewußtlos zu schlagen. Ein Schuß kam allerdings nicht in Frage. Die Kugel hätte zwar seinen Schädel zerschmettert, anschließend aber auch mich getroffen.

«Pistole!» ächzte er.

«Messer!» würgte ich unter dem Gewicht meines Gegners.

«Nein», sagte ich und spannte den Revolverhahn.

«Nicht», stöhnte der Mann.

«Doch.»

Ich spürte, wie das Messer meine Haut ritzte, als die Klinge meinen Hals entlangglitt. Aber trotzdem wollte er mich nicht verletzen und gab auf. Das Messer glitt aus seiner Hand, die rasiermesserscharfe Klinge fiel zu Boden. Ich schob den Mann, der mir keinen Widerstand mehr entgegensetzte, zur Seite. Er blieb auf dem Boden sitzen. Ich sprang auf und zielte mit der Waffe auf meinen Gegner. Im fahlen Licht des beginnenden Morgens konnte ich sein Gesicht erkennen.

«Umberto!» rief ich erstaunt.

Er verzog das Gesicht zu einem schmerzlichen Grinsen.

«Du gehörst zu ihnen.»

Der tumbe Kerl nickte stolz.

«Ich hab dich gefunden.»

«Das nützt dir nichts.»

Er zuckte mit den Schultern und starrte auf den Revolver in meiner Hand.

«Wenn du schießt, werden sie kommen.» Er grinste, stolz darauf, auf einen so schlüssigen Gedanken gekommen zu sein.

«Mag sein», entgegnete ich. «Aber du bist tot.»

Das Grinsen verschwand.

«Was wollt ihr von mir?» fragte ich.

«Entführen», antwortete er knapp.

«Wieso? Was sollte das bringen?»

«Geld.»

«Ich habe nichts.»

«Lösegeld.»

«Für mich?» fragte ich ungläubig.

Er nickte: «Du bist Ausländer. Das gibt immer Geld.»

Ich schüttelte den Kopf: «Für einen Koch zahlt niemand etwas.»

«Nein?» Er legte den Kopf zur Seite, als würde er darüber nachdenken.

Er zuckte mit den Schultern. Dann gähnte er.

So kamen wir nicht weiter.

Plötzlich ging mir ein Licht auf. Ich verstand, was die ganze Zeit in diesem seltsamen Palast vor sich gegangen war.

«Die gefangene Gräfin», sagte ich. «Ihr wollt sie mitnehmen, um Lösegeld zu erpressen.»

«Ja», sagte er.

«Aber sie ist eine Dame», sagte ich. «Ihr könnte sie doch nicht in die Berge schleppen.»

«Sie wird sich bei uns wohlfühlen», sagte Umberto. «Wir sind gute Banditen.»

«Gute Banditen?» zweifelte ich. «Habt ihr nicht den Anführer von Don Francos Wächtern umgebracht?»

«Nein, das waren wir nicht.»

«Wer denn?»

Er zuckte mit den Schultern.

«Habt ihr die Leiche beseitigt?»

Er grinste blöde: «Die Leiche beseitigt? Warum?» Er schüttelte den Kopf.

«Und was ist mit den frischen Gräbern unten im Garten?»

«Ich weiß nicht.»

«Und der Überfall neulich nachts?»

Er lächelte. «Ja, das war Rinaldo.»

«Wollte er den Palast erobern?»

Er machte eine abfällige Handbewegung.

«Wir sollten Don Franco ein bißchen Angst machen. Weil wir die Frau wollen.»

«Immerhin ist ein Wächter erschossen worden.»

«Im Kampf Mann gegen Mann», stellte Umberto nüchtern fest.

«Habt ihr die Gräfin denn schon gefunden?»

Er zuckte mit den Schultern: «Es ist schwierig ... vielleicht eine verborgene Tür, ein geheimer Gang ...» Plötzlich straffte er den Rücken. Er hatte etwas gehört. Auch ich horchte. Nicht weit entfernt war ein Schlurfen zu hören und Geflüster.

Ich hielt meinem Gefangenen die Pistole an die Schläfe.

Er blickte zu mir auf. Ich sah ihm in die Augen. Aber er wußte, daß ich ihn niemals erschießen würde. Trotzdem verhielt er sich ruhig.

Das Schlurfen und Flüstern kam näher. Ich hielt den Atem an. Er auch. Wir sahen einander an, Komplizen im Überlebenskampf. Das Schlurfen und Flüstern entfernte sich wieder. Ich atmete langsam aus.

Jetzt war es wieder still. Seine Gesichtszüge entspannten sich. Er öffnete den Mund zu einem breiten Grinsen und hob die Hand zu einer freundschaftlichen Geste.

Aber ich schlug ihm mit dem Revolver so heftig gegen die Schläfe, daß er mit einem erschrockenen Japsen ohnmächtig wurde.

Ich nahm ihm das Messer ab, löste den Gürtel und fesselte Hände und Füße und schob den schweren Körper in eine Nische. Dann zerriß ich sein Hemd und knebelte ihn. Als ich damit fertig war, stand ich auf und begutachtete mein Werk. Einen Moment lang wunderte ich mich, daß ich in dieser Situation sogar so etwas wie Stolz entwickelte.

Dann hörte ich ein Räuspern hinter mir.

«Darf ich fragen, was Sie dort tun?»

Blitzartig wirbelte ich herum, den Revolver im Anschlag. Vor mir, in der Tür zur Bibliothek, stand der alte Baron. Er hatte sich einen Morgenmantel übergeworfen, es aber nicht für nötig befunden, Schuhe anzuziehen.

«Pst.»

«Was?»

Hinter ihm erschien Maddalena. Sie hatte sich mehr Zeit genommen und war vollständig angezogen. Als sie die Waffe in meiner Hand sah, runzelte sie die Stirn.

«Die Banditen durchsuchen den Palast», flüsterte ich. «Sie sind ganz in der Nähe.»

«Was ... Umberto?» begann Maddalena, die den verschnürten Mann gesehen hatte.

«Er gehört zu ihnen.»

«Umberto?» wiederholte sie ungläubig.

Ich legte einen Finger an die Lippen.

Sie legte dem Baron eine Hand auf die Schulter. Er drehte sich um und schlurfte in die Bibliothek zurück.

Ich zog den Banditen durch die Tür. Maddalena schloß sie und drehte den Schlüssel im Schloß um.

«Was ist passiert?»

Ich erzählte alles, was ich wußte.

«Sie suchen die Gefangene», fügte ich hinzu.

«Die arme Gräfin.»

«Sollten wir ihr nicht helfen?»

Maddalena blickte mich unschlüssig an.

«Ich ziehe mich an», sagte der Baron. «Dann gehen wir sie holen.»

«Aber woher wißt Ihr denn, wo sie ist?» fragte ich erstaunt.

«Ist das nicht mein Schloß?» fragte er zurück.

«Ja, aber, die Banditen ...»

«Sie haben sie bis jetzt nicht gefunden?»

«Nein.»

«Dann wissen sie noch nichts von dem geheimen Zugang.»

«In der Nähe des Innenhofs.»

Er hielt erstaunt inne.

«Ja, in der Nähe des Innenhofs.»

«Aber alle Zugänge zum Innenhof sind vermauert», warf Maddalena ein.

Der Baron nickte: «Damit sie nicht flüchten kann.»

«Sie schläft im Hof?»

«Nur Geduld ... wo ist meine Hose?»

19 ~ IM TURM

Draußen brach ein strahlender Morgen an, und wir stiegen in die Katakomben des alten Palastes.

Geheime Türen, verwinkelte Gänge, düstere Vestibüle, niedrige Kellerräume, enge Wendeltreppen, mehrere Verließe, in denen altes Gerümpel, modrige Möbel und rostige Ketten herumlagen, ein ehemaliger Weinkeller, wo zwischen verrotteten Fässern auch ein alter Sarg stand.

Maddalena trug eine schwach leuchtende Lampe bei sich, aber der Baron ging sicher voran, er kannte den Weg sehr genau. Er, der Blinde, stolperte nicht so oft wie wir, die hinter ihm her eilten.

Es war zwecklos zu versuchen, in diesem Labyrinth die Orientierung zu behalten. Ich war dem Baron ausgeliefert. Wohin er mich auch führen würde, ich würde niemals zurückfinden.

Schließlich gelangten wir in einen hohen feuchten Raum mit schmierigen, tropfnassen Wänden. In der Mitte wuchs ein kreisrundes Gemäuer aus dem Boden und reichte bis zur Decke.

Der Baron ging darauf zu und tastete mit den Händen die Steine ab. Schließlich fand er eine lockere Stelle, löste einen Stein, ließ ihn fallen und faßte mit der Hand in das Loch. Mit einem schabenden Geräusch öffnete sich unendlich langsam ein Spalt in der Mauer. Der Baron zwängte sich hindurch. Wir folgten ihm.

Es handelte sich um einen Brunnenschacht, der endlos tief nach oben und unten führte. Eine glitschige eiserne Leiter führte hinauf. Wie endlos tief der Abgrund war, der sich unter uns auftat, wurde mir bewußt, als ich versehentlich Mörtel in der Mauer löste. Es dauerte eine halbe Ewigkeit, bis ich ein glucksendes Aufprallen hörte. Ein kalter Schauer lief mir den

Rücken hinunter. Wir stiegen nach oben. Der Baron voneweg, dann Maddalena, dann ich. Einmal blickte ich nach oben und wurde von einem schrecklichen Gefühl der Enge erfaßt, als ich den kleinen hellen Kreis am Ende dieses schmalen Schachts entdeckte, der Luft und Wärme verhieß. Es war ein langer Weg. Die Eisenleiter war teilweise durchgerostet oder hatte sich von der Wand gelöst. Manchmal knirschte und quietschte es, wenn Eisen auf Stein oder Eisen auf Eisen drückte. Oben angekommen kletterten wir aus dem Brunnen und standen im Innenhof unterhalb des Säulengangs auf einem grünen Rasen zwischen Hecken, Sträuchern und Blumen. Der Zierbrunnen am anderen Ende plätscherte unschuldig vor sich hin.

Ich blickte mich um. Hier unten war die schöne Unbekannte spazieren gegangen. Dort oben im Säulengang hatte ich gestanden und heruntergeblickt und mich gefragt, wie man wohl hier hergelangen konnte.

Oben im Säulengang erschien der Kopf eines Mannes und verschwand wieder.

«Wir müssen weiter, schnell!» sagte ich.

Ich warf nochmal einen Blick in den Garten, der von hier aus betrachtet weniger paradiesisch, dafür mehr wie ein Gefängnis wirkte.

Der Kopf des Mannes oben im Säulengang wurde wieder sichtbar. Über die Brüstung schob sich der Lauf eines Gewehrs.

Ein lauter Schuß hallte durch den Innenhof, dann noch einer. Die Kugeln prallten von Mauern ab und jaulten als Querschläger umher.

Wir liefen los. Der Baron humpelte voran und deutete mit dem Arm vage die Richtung an.

Wieder zwei Schüsse. Dann lautes Rufen im Säulengang

über uns. Wenn sich dort oben noch mehr Männer befinden sollten, könnten sie uns abknallen wie die Hasen. Maddalena stolperte und fiel direkt vor mir auf den Rasen. Ich zerrte sie hoch, und wir hasteten weiter.

Der Baron hatte das Ende des Innenhofs erreicht und blieb vor einer niedrigen Holztür stehen.

Ich fragte mich, wie er ohne zu sehen so genau seinen Weg finden konnte. Aber da hatte Maddalena die Tür schon aufgeschoben, und wir verschwanden in einem Korridor. Dann ging es eine Steintreppe nach oben. Wir befanden uns in einem Turm. Als ich durch ein schmales Fenster hinausspähte, blickte ich auf die weite Hügellandschaft, sah die zerklüfteten Felsen, die sich hier und da auftürmten, und dazwischen glaubte ich in der Ferne das glitzernde Meer erkennen zu können.

Wir erreichten einen Treppenabsatz. Der Baron blieb stehen. Er schnaufte heftig. Ich hatte den Eindruck, daß er jeden Moment ohnmächtig werden könnte. Maddalena blieb seitlich von ihm stehen. Sie blickte düster und abweisend drein.

«Wo sind wir hier?» fragte sie.

«Im Turm», sagte der Baron.

«Was ...» begann Maddalena.

Der Baron unterbrach sie: «Schsch!»

Er klopfte an die Tür.

Wir warteten.

Er klopfte noch einmal.

Hinter der Tür ertönte eine müde Frauenstimme: «Wer ist da?»

«Ich bin's», antwortete der Baron.

Maddalena warf ihm einen mißtrauischen Blick zu. Die Tür wurde aufgezogen.

«Aber nicht allein», stellte die schöne Unbekannte fest. Ihr

Blick glitt über Maddalena hinweg, und sie musterte mich aus hellen blauen Augen.

«Monsieur Pistoux», sagte der Baron.

«Ein Franzose?»

«Ganz recht», sagte der Baron.

Ich deutete eine Verbeugung an.

Sie trug ein Nachthemd. Durch ein Fenster hinter ihr strahlte das Licht der Morgensonne herein. Unter ihrem Gewand zeichnete sich der Schatten ihres wohlgeformten Körpers ab. Verwirrt, verlegen und geblendet von ihrer Schönheit blickte ich nach unten. Ich sah ihre zarten nackten Füße. Sie waren gefesselt. Ihre schlanken Fesseln wurde von breiten Goldringen umfaßt, die mit einer Kette verbunden waren.

«So früh», sagte sie.

«Banditen sind im Palast», sagte der Baron.

«Oh.»

«Die Situation ist gefährlich geworden, Don Francos Männere sind geflohen.»

«Don Franco», sagte sie tonlos.

«Vielleicht ist er schon tot», sagte ich.

«Ja, was nun? Sind Sie etwa gekommen, um mich zu retten?» Der Baron schwieg.

«Sie müssen fliehen», antwortete ich. «Die Banditen werden Sie sonst in die Berge verschleppen.»

Sie starrte mich an. Ich hatte den Blick nicht von ihr wenden können. Offenbar merkte sie, daß sie, so wie sie dastand, mehr von sich preisgab, als schicklich war.

Einen Moment lang sahen wir uns in die Augen. Es war mehr als nur ein gegenseitiges Mustern, es war, als würde ein unsichtbarer Faden zwischen uns gesponnen. Mein Herz machte ein Sprung. Noch nie hatte ich eine so schöne Frau gesehen.

Sie schob die Tür ganz auf und sagte: «Nun gut, kommen Sie herein und erklären Sie mir, wie Sie mich retten wollen.»
Das Zimmer nahm den größten Teil des Turmgrundrisses ein. Es war nicht sehr groß, aber bequem eingerichtet. Neben dem Bett standen Stühle und Sessel, ein Tisch, ein Schrank und verschiedene Truhen. Ich entdeckte viele Bücher, die überall herumlagen, und auf dem Tisch Papier, Tinte und Schreibfedern.

«Und wer bist du?» fragte die Gräfin Maddalena, die als letzte eingetreten war.

«Ich habe jeden Tag für Sie gekocht», sagte Maddalena.

«Ach! Ich hätte so gern noch einmal eine *Mandeleiscrème* gegessen wie damals in Palermo», rief sie schwärmerisch aus. «Aber sicherlich wäre das Eis zerschmolzen, bis es hier oben angekommen wäre?»

Eine naive Frage, fand ich, vor allem in dieser Situation. Maddalena schien es als Kritik aufzufassen. «Don Franco hat mir nichts davon gesagt», verteidigte sie sich kühl.

«Don Franco ist in jeder Hinsicht das Gegenteil von dem, was die Engländer einen Gentleman nennen», stellte die junge Dame fest. «Nun ja, dafür waren die hübschen kleinen Mazarisi wirklich delikat.»

«Die hat er gebacken», sagte Maddalena und deutete auf mich.

«Nanu?» sagte die junge Frau erstaunt. «Sind Sie etwa Bäkker, Monsieur?»

«Koch, Mademoiselle. Aber ich verstehe mich auch auf Pâtisserien.»

«In der Tat», bemerkte sie eine Spur zu hochnäsig.

War sie etwa enttäuscht, daß ich nur ein Koch war? Hätte sie mich lieber als Gleichgestellten vor sich gesehen? Mein Stolz war verletzt.

Charlotte Sophie Gräfin zu Rentlow zog sich hinter einen Paravent zurück, um sich anzukleiden.

Der Baron erklärte ihr, was sich in der Nacht ereignet hatte. Niemand von uns wußte, was mit Don Franco geschehen war. Und genauso ratlos waren wir, was unsere Flucht vor den Banditen betraf.

Der Baron und die Gräfin schienen miteinander vertraut zu sein. Während sie sich ankleidete, plauderten sie über Nebensächlichkeiten wie das Wetter.

Auch Maddalena war das aufgefallen. Sie schaute ausdruckslos aus einem der Fenster. Ich stellte mich neben sie. Unten konnten wir die Banditen sehen. Manche schleppten Möbel umher, andere hatten die Vorratskammer geplündert, wieder andere hatten sich Säcke über die Schultern geworfen, in denen sich zweifellos geraubte Wertgegenstände befanden.

Maddalena gab mir ein Fernrohr, das sie auf einem Tisch entdeckt hatte. Ich zog es auseinander und betrachtete das Treiben eingehender. Die Banditen schienen in Eile. Wahrscheinlich hatten sie Angst, daß ein Polizeitrupp anrücken könnte.

Als die Gräfin endlich fertig war, nahm ich mir heraus, ihr die nötigen Fragen zu stellen. Sie trug ein schlichtes Sommerkleid, in dem sie zur Not auch würde reiten können. Falls wir jemals in die glückliche Lage kommen sollten, den Weg in die Freiheit zu finden.

«Wie sind Sie in die Hände von Don Franco geraten?»

Charlotte Sophie setzte sich auf einen gepolsterten Schemel, legte die Hände in den Schoß und sagte, nachdem sie die Haare in den Nacken geworfen hatte: «Man hat mich entführt. So einfach ist das. In Palermo. Ich frage mich, ob es nicht von langer Hand geplant war ... von diesem verbrecherischen Emporkömmling.»

«Don Franco?»

«Ja. Einer seiner Freunde gab ein Fest.»

«Sie kennen Freunde von Don Franco?»

«Lassen Sie mich doch ausreden, Monsieur!»

«Bitte.»

«Wir waren auf Reisen, meine Mutter, meine Tante und ich. Natürlich hatte sich in Palermo schnell herumgesprochen, daß wir aus Österreich kamen. Natürlich rechneten wir damit, daß man uns auf das eine oder andere Fest bitten würde. Man hat uns auf das übelste hintergangen und falsche Tatsachen vorgegaukelt, Personen stellten sich unter falschem Namen vor ...» Sie machte eine Pause und schüttelte sich, als wollte sie diese Erinnerungen am liebsten abschütteln. Sie erinnerte mich an eine schöne Stute, die mit den Hufen scharrt und darauf wartet, endlich losgaloppieren zu dürfen.

«Kurzum ...» warf ich ungeduldig ein.

«Lassen Sie mich doch ausreden, Monsieur le pâtissier. Wir wurden in einen Palast gelockt. Wie sich später herausstellte, war nur notdürftig kaschiert worden, daß es ein heruntergekommenes Gebäude war.»

«Es gab keine Festlichkeiten?»

«Nein. Wir wurden hinterrücks überfallen, man stülpte uns Säcke über den Kopf. Dann wurden wir getrennt. Später hat man mir mitgeteilt, daß meine Mutter und meine Tante freigelassen wurden, um das Lösegeld zu beschaffen.»

«Und Sie wurden hierher gebracht?»

«Seit Wochen bin ich hier. Ohne den Baron wäre ich längst verrückt geworden.»

Ich sah den Baron mißtrauisch an. Auch Maddalena zog die Augenbrauen zusammen. Er hatte es nicht für nötig gehalten, seiner Geliebten von den Rendezvous zu erzählen. «Wir haben uns gern unterhalten», sagte der Alte.

«Warum haben Sie ihr nicht zur Flucht verholfen?»

«Ich, ein blinder, alter Mann?»

«Gibt es etwa keine Gänge, die nach draußen führen?»

Der alte Mann verzog zornig das Gesicht: «Man hätte sie ermordet, dort draußen. Es war doch sinnlos.»

Maddalena starrte ihn an. Vielleicht dachte sie das gleiche wie ich: Der alte Baron hatte gar kein Interesse daran gehabt, dafür zu sorgen, daß die junge Adelige mit der wohlklingenden Stimme freigelassen wurde. Er hatte sich die Tage mit ihrer Gegenwart versüßt. Wie ein junger Liebhaber war er immer wieder aufs neue zu seinen heimlichen Treffen mit der jungen Frau aufgebrochen. Ein außergewöhnliches Abenteuer für einen alten Mann.

«Er hat mich getröstet, wir haben über die Welt dort draußen gesprochen», sagte Charlotte Sophie.

«Nun gut», sagte ich, «aber jetzt wird es Zeit zu verschwinden. Mit den Banditen ist nicht zu spaßen. Bei denen herrschen rohere Sitten als hier im Palast.»

Die Gräfin warf dem Baron einen fragenden Blick zu. «Irgendwann werden sie den Zugang zum Turm gefunden haben», sagte er.

Charlotte Sophie sah mich erschreckt an. Die schlimme Lage, in der sie sich befand, wurde ihr endlich bewußt: «Wollen Sie mir helfen, Monsieur?» fragte sie.

«Natürlich. Deswegen bin ich ja hier.»

«Gut.»

Sie stand auf, packte einige Habseligkeiten zusammen, und dann stiegen wir die Turmtreppe hinunter. Der Baron ging voran, Maddalena folgte, dann die Gräfin und ich als letzter.

∻ 20 ∻ *Das Pendel des Todes*   Nach der Hälfte des Weges blieb die Gräfin auf einem Treppenabsatz stehen und stöhnte.

«Diese unseligen Fesseln! Wie soll ich damit fliehen?»

«Einen Moment», sagte ich und zog meine Pistole. Die anderen sahen sich erschrocken an.

Ein wohlgezielter Schuß im richtigen Winkel und die Kette war zerschmettert.

Charlotte Sophie lächelte mich an: «Danke schön.»

«Stets zu Diensten.»

Als wir das Ende der Turmtreppen erreicht hatten, zögerten wir.

«Sie werden uns abknallen wie die Kaninchen», sagte der Baron bitter, «wenn wir den Innenhof durchqueren!»

«Vielleicht haben sie inzwischen auch eine Leiter gefunden und klettern hinunter.»

«Wenn wir hier nicht weiterkommen, hätten wir auch oben bleiben können», sagte die Gräfin.

Maddalena blickte den Baron mürrisch an: «Es gibt einen Weg.»

«Ja», sagte der Alte, «aber ...»

«Sie meinen das Seufzerzimmer?» fragte die Gräfin.

«Das Seufzerzimmer», stimmte der Baron zu.

«Na, los doch!» drängte ich. «Was gibt's da noch zu zögern?»

«Haben Sie einen Schlüssel?» fragte die Gräfin.

«Einen Schlüssel brauche ich nicht.»

«Nein?»

«Dies ist mein Palast.»

Maddalena sah die junge Gräfin stirnrunzelnd an: «Woher wissen Sie vom Seufzerzimmer?»

«Don Franco hat mich hingeführt.»

«Dorthin?»

«Ja. Angenehm war es nicht.»

«Wir müssen weiter», mahnte ich.

«Gehen wir», sagte der Baron.

Er faßte in einen Mauervorsprung, und wieder öffnete sich eine niedrige, eisenbeschlagene Tür. Eine schmale Treppe führte geradewegs nach unten.

Im Kellergewölbe ging der Baron zu einer Bodenplatte, stampfte einmal mit dem Fuß auf, und schon öffnete sich eine weitere Tür knirschend und quietschend.

Meine drei Begleiter zögerten.

«Was ist?» fragte ich.

Charlotte Sophies Augen waren weit aufgerissen. Sie hatte dem Baron eine Hand auf den Arm gelegt, als wolle sie ihn zurückhalten.

«Ja, was ist?» fragte Maddalena.

Ich trat durch die Tür in einen runden hohen Raum, dessen Decke sich kuppelartig wölbte. In der Kuppel befanden sich Fenster, durch die schwaches Tageslicht drang.

In der Mitte des Raums befand sich eine Holzpritsche. An den vier Enden hingen Ketten herab. Über dem Holzbett hing ein seltsames Gerät. Es sah aus wie ein riesiges Pendel. Aber statt einer Kugel hatte dieses Pendel am unteren Ende eine scharfe Klinge, die von einem riesigen Schlachterbeil stammt.

Ich blieb erstaunt stehen: «Was ist das?»

«Hängt es noch da?» fragte der Baron.

«Ja», sagte Charlotte Sophie.

«Was ist das?» wiederholte Maddalena meine Frage.

«Natürlich hängt es noch da», sagte der Baron mit einer Stimme, als würde er leise lachen. «Wie sollte es auch verschwunden sein. Das Pendel des Todes.»

Ich näherte mich der hölzernen Pritsche und sah, daß es in der Mitte eine tiefe Furche gab. Als ob jemand versucht hatte, mit einem Messer das Bett zu zerteilen. Ich blickte nach oben. Das scharfe Beil hing an einem Pendel über einer Folterbank.

Erschrocken trat ich zwei Schritte zurück.

Ich stieß gegen die Gräfin. Sie war bleich geworden.

«Fast jeden Abend hat er mich hierher geführt. Jeden Abend hat er das gleiche Ritual veranstaltet.»

«Er hat Sie ... dorthin ...», stammelte ich verwirrt.

«Nein, das hat er nicht gewagt.»

Ich war erleichtert. Dieser Gedanke hätte mich wahnsinnig gemacht.

«Er hat mich hierher gebracht und mir gezeigt, wie es funktioniert. Es hat ihm großen Spaß gemacht. Er saß da und freute sich wie ein Kind, wenn das Beil hin und her pendelte und sich langsam herabsenkte. Manchmal hielt er es vorzeitig an, aber manchmal ließ er auch zu, daß es sich in das Holz bohrte.»

«Aber was ...», fragte ich verwirrt.

«Er wollte mich beeindrucken.» Charlotte Sophie verzog das Gesicht: «Dies war seine Art, seine Zuneigung auszudrükken.»

«Wer? Der Baron?»

«Nein. Don Franco!»

Ich starrte das Pendel an. Was für absurde Szenen hatten sich hier abgespielt.

«Es seufzt», sagte Charlotte Sophie.

Ich starrte noch immer das Pendel an. Hatte es sich bewegt? Die Klinge zitterte.

«Es klingt wie ein Seufzen oder ein Jammern, wenn es hin und her pendelt», sagte Charlotte Sophie.

«Er hat Sie nie dort hingelegt?» fragte der Baron leise.

«Nein.»

Die Klinge begann, sich langsam hin und her zu bewegen.

«Lassen Sie das Baron», sagte ich.

«Was ist denn?»

«Das Pendel. Sie müssen es uns nicht vorführen.»

«Aber ich tue doch gar nichts.»

Das Pendel machte immer weiter ausholende Bewegungen. Ich drehte mich zornig um. Der Baron stand mitten im Raum und tat nichts.

Da hörten wir das Seufzen. Herzzerreißend und gleichzeitig unmenschlich. Ich starrte den Baron an. Dies war das Geräusch, das ich in seinem Zimmer vernommen hatte. Und jetzt wußte ich, daß er jeden Tag darauf gewartet hatte, es zu hören.

Was hatte er sich dabei vorgestellt? Er muß doch gewußt haben, daß Don Franco mit Charlotte Sophie hierherkam.

«Er hat Sie nie dort hingelegt?» hatte der alte Baron eben gefragt. War es das, was er sich jeden Abend vor dem Kamin sitzend vorgestellt hatte?

Ein lautes Lachen ertönte.

«Baron!» rief ich. «Hören Sie auf!»

«Ich will hier raus!» rief Charlotte Sophie.

Doch der Baron lauschte gebannt dem Jammern des tödlichen Metalls.

Charlotte Sophie faßte ihn am Arm: «Baron, was ist los?»

Wieder hallte das höhnische Lachen durch den Raum.

Ich blickte nach oben, suchte die Mauern ab und entdeckte eine Scharte in der Wand. Dahinter war ein Gesicht. «Kommen Sie raus, Feigling!» rief ich.

Maddalena hatte den Raum durchquert und stand vor einer zweiten Tür. Gerade als sie die Hand ausstreckte, um sie zu öffnen, ging sie von allein auf. Sie schreckte zurück. Die Banditen traten herein und richteten ihre Waffen auf uns.

Wir wichen zurück. Doch der Fluchtweg war uns abgeschnitten. Auch hinter uns traten die finster dreinblickenden Männer durch die Tür.

Wir waren gefangen.

∽ 21 ∾ DAS TRIBUNAL Rinaldos Männer brachten uns in den vorderen Hof. Dort waren einige von ihnen schon dabei, einen großen Tisch aufzustellen, den sie aus dem Speisesaal des Palastes herausgetragen hatten. Sie stellten Stühle dahinter. Dann trat Rinaldo aus dem Palast und setzte sich auf den mittleren Stuhl. Rechts und links von ihm saßen jeweils zwei finster dreinblickende junge Männer. Um uns herum standen etwa dreißig weitere Banditen. Sie hatten uns die Hände gefesselt und in ihre Mitte genommen. Einige bedrohten uns mit ihren Gewehren. An Flucht war nicht zu denken.

Rechts neben Rinaldo saß 'Ntoni, der Bruder von Mena Callà, der Fischerin aus Trezzani.

Rinaldo schlug mit der Faust auf den Tisch.

«Das Gericht des Volkes!» rief er aus und deutete nach oben. «Es findet unter freiem Himmel statt, weil das Volk frei ist.»

Ich hörte ein Wimmern neben mir. Es war Don Franco. Seine Hand war notdürftig verbunden. Er war blaß im Gesicht und sah elend aus. Etwas weiter entfernt standen Dr. Spatu, Pfarrer Cipolla und Capitano Fortunato. Alle gefesselt. Dr. Spatu trug einen Verband um den Kopf.

«Wir sitzen zu Gericht über den Mörder von Giovanni Cinghialenta.»

«Was geht euch Giovanni Cinghialenta an», murmelte Don Franco.

Der schöne Rinaldo drehte den Kopf und blickte Don Franco mit blitzenden Augen zornig an.

«Vortreten.»

Eben hatte er noch gewimmert, doch jetzt war Don Franco bemüht, seinen Stolz wiederzufinden.

Er trat nicht vor, er mußte geschoben werden.

«Was habt Ihr gesagt?» fragte Rinaldo.

«Was geht euch Giovanni Cinghialenta an,» wiederholte Don Franco trotzig und warf gleichzeitig 'Ntoni Callà einen herablassenden Blick zu.

«Die Antwort könnt Ihr euch selbst geben, Franco Mosca», sagte Rinaldo mit triumphierendem Lächeln.

«Er gehörte zu mir. Er war mein Wachmann. Und Ihr habt ihn umgebracht. Was soll dieses lächerliche Tribunal? Seit wann schämt Ihr euch eurer Taten?»

«Ihr irrt euch, Franco Mosca. Giovanni gehörte zu mir.» Don Franco sah ihn verwirrt an: «Was ...?»

«Ihr glaubt, wir seien Banditen», Rinaldo sah hinüber zu Spatu, Cipollla und Fortunato, «Ihr angeblich so braven Bürger, die Ihr doch nur Intriganten seid und im Sold finsterer Mächte steht. Aber wir sind keine Wegelagerer, wir sind Freiheitskämpfer. Wir werden dem sizilianischen Volk die Freiheit erkämpfen, die ihm noch immer vorenthalten wird.»

«Ihr seid spät dran», spottete Dr. Spatu. «Garibaldi ist längst über alle Berge.»

«Was schert mich Garibaldi», sagte Rinaldo und schlug sich mit der Faust gegen die Brust. «Wir sind stärker als er!»

«Das ist doch lächerlich», sagte Dr. Spatu.

«Ihr werdet bald nicht mehr über uns lachen.» Der Banditenführer wandte sich wieder Don Franco zu.

«Giovanni war mein Mann. Wer hat ihn umgebracht?»

«Ich weiß es nicht», sagte Don Franco ratlos. «Ich dachte, man hätte ihn umgebracht, weil er mir diente.»

«Wer hätte das tun sollen?»

«Ihr, wer sonst?»

«Wir waren es nicht.»

«Aber ... das ... verstehe ich nicht.»

«Zweifellos ist er getötet worden. Da dies Euer Palast ist und er euch ausspioniert hat, ist es doch nur logisch, daß Ihr ihn habt umbringen lassen.»

«Ich schwöre euch ...»

«Nein. Ihr werdet dafür büßen müssen.»

Rinaldo drehte sich zu 'Ntoni Callà und fragte: «Habe ich recht?»

Er nickte: «Ja.»

«Franco Mosca, ich verurteile dich zum Tod durch Erschießen. Das Urteil wird sofort vollstreckt.»

«Aber, aber, aber, das geht doch nicht!» rief Don Franco erschrocken aus.

Rinaldo winkte seinen Leuten zu: «Stellt ihn dort drüben an die Wand!»

«Halt!»

«Nicht!»

Der Pfarrer und Dr. Spatu traten gemeinsam vor.

«Das dürft Ihr nicht tun», sagte der Pfarrer.

«Warum nicht?» fragte Rinaldo.

«Das ist kein Recht, das ist Willkür», erklärte Dr. Spatu.

«Die Willkür des Volkes ist mein Gesetz», sagte Rinaldo.

«Nein, das geht nicht», sagte Dr. Spatu. «Ihr habt doch noch gar nicht bewiesen, daß Don Franco oder einer seiner Leute es wirklich war.»

«Für mich ist die Sache klar.»

«Aber nicht für mich», sagte Dr. Spatu. «Habt Ihr einen Zeugen oder sonstige Beweise? Spuren? Eine Waffe?»

Der Pfarrer wandte sich nun an den schweigsamen Capitano: «Warum erhebt Ihr nicht Einspruch?»

«Es hat keinen Zweck. Dieser Verbrecher hört nicht auf uns.»

«Wer hat überhaupt die Leiche gefunden?» fragte Dr. Spatu plötzlich.

Ich zuckte zusammen.

«Der Koch», sagte Don Franco. «Es war der Koch. Nicht ich.»

Rinaldo ließ seinen Blick über die Anwesenden schweifen: «Wer ist der Koch?»

«Da!» Das war Brasi Fortunato. Der Capitano war plötzlich sehr bemüht, alles in meine Richtung zu dirigieren.

Ich trat vor.

«Bist du der Koch?» fragte Rinaldo.

«Ja, das ist richtig.»

«Ausländer?»

«Franzose.»

«Wie heißt du?»

«Jacques Pistoux. Ich lege Wert auf die Feststellung, daß ich mit den Rivalitäten der Anwesenden nichts zu tun habe.»

«Immerhin stehst du im Dienst von Don Franco.»

«Das ist nicht richtig.»

«Nein?»

«Nein, man hat mich gegen meinen Willen hierhergebracht. Wenn ich nur gekonnt hätte, wäre ich längst in meine Heimat zurückgekehrt.»

«So so, du hast also nichts mit den Rivalitäten der hier Anwesenden zu tun.»

«Ja.»

«Und wurdest hierher verschleppt gegen deinen Willen?»

«Richtig.»

«Aber», sagte Rinaldo und beugte sich leicht nach vorn, «Was hast du dann mit dem Capitano zu schaffen?»

«Mit dem Capitano?»

«Ja.»

«Nichts, außer daß er mich an Don Franco verschachert hat.»

«Wir haben aber den Eindruck, daß du dich mit Don Fortunato ganz gut verstehst.»

«Dieser Eindruck trügt.»

«Du sprichst sehr bestimmt, Franzose. Aber kennst du den, der dort steht?»

Ich folgte seiner Hand, die auf einen Mann im Schatten der Palastmauer stand. Es war Fortunatos Spitzel. Nur trug er diesmal eine Uniform.

«Kennst du den Mann, Franzose?»

«Ja. Er ist einer von Don Fortunatos Leuten.»

«Ein Carabiniere.»

«Ja.»

«Er hat dich hier im Palast getroffen.»

«Ja.»

«Warum?»

«Ich sollte ihm Informationen beschaffen.»

«Was für Informationen?»

Ich zuckte mit den Schultern: «Das weiß ich nicht.»

«Hat er dich zum Mord angestiftet?»

«Nein.»

«Hast du dich nicht gefragt, was er wollte?»

«Doch. Jetzt denke ich, daß es wohl wegen der Gräfin gewesen ist.»

«Gräfin?»

«Die Gefangene.»

«Ah.»

«Ihr seid doch auch hinter ihr her!» rief ich wütend. Der Schöne Rinaldo lächelte süffisant.

«Gebt es doch zu!»

«Natürlich. Wir brauchen die Dame. Sie wird uns viel Geld bringen.»

«Das könnte genauso gut bedeuten, daß Ihr Giovanni habt umbringen lassen ...»

«Ich? Meinen eigenen Mann?»

«Ihr behauptet, es sei euer Mann. Aber wer kann es bestätigen?»

Rinaldo warf 'Ntoni einen Blick zu: «Kannst du es bestätigen?»

«Ja.»

«Das genügt nicht. Er gehört zu euch.»

Rinaldo grinste höhnisch: «Du bist ganz schön hartnäckig, Franzose.»

Da hatte er recht, schließlich ging es um meine Haut.

Dann rief Rinaldo: «Don Fortunato. Sicherlich könnt Ihr doch bestätigen, daß Giovanni mein Spitzel war.»

«Ja. Und dieser Mann dort auch.» Er deutete auf Umberto, der gut gelaunt mit dem Kopf nickte.

Don Franco drehte sich empört Fortunato zu: «Aber ... warum habt Ihr mir nichts gesagt?»

«Wir haben alle unsere Geheimnisse, nicht wahr, Don Franco? Ihr habt ja auch versucht, einen Spitzel anzuwerben.»

«Ich?»

«'Ntoni hier sollte doch für euch arbeiten.»

«Unsinn.»

«Doch, doch, es ist wahr. Er sollte euch helfen, eure Gefangene nach Italien zu bringen. Allein hättet Ihr es nicht geschafft, weil wir draußen vor dem Palast auf euch lauerten. Nur 'Ntoni hätte euch einen Weg durch den Belagerungsring bahnen können. Richtig, 'Ntoni?»

«Ja, er hat mir angeboten, meine Schulden zu begleichen. Als ich nicht darauf einging, hat er meine Schwestern unter Druck gesetzt.»

«Da seht Ihr es.» Rinaldo wandte sich wieder mir zu: «Wir haben Giovannis Leiche in deiner Küche gefunden. Was sagst du dazu?»

«Ganz offensichtlich wollte jemand den Verdacht auf mich lenken.»

«Wer sollte das wohl gewesen sein?»

«Jemand, dem Giovanni auf die Schliche gekommen ist.»

«Wer könnte das wohl sein?»

Ich überlegte einen Moment, dann sagte ich: «Sie stellen die letzten Fragen immer zuerst.»

«Was soll das heißen?»

«Sie zäumen das Pferd von hinten auf.»

«Du reizt mich, Franzose!»

«Der Mord an Giovanni war der letzte einer ganzen Reihe.»

«Los Franzose, erklär, was du meinst!»

«Hinter dem Gemüsegarten gibt es einen Friedhof mit fünf frischen Gräbern. Fünf Männer sind hier in den letzten Wochen ermordet worden.»

Rinaldo wandte sich an Don Franco: «Was sind das für Gräber?»

«Fünf meiner Leute sind gemeuchelt worden. Immer im Abstand von einer Woche.»

«Vor fünf Wochen ist der erste Mord geschehen?»

Don Franco dachte nach: «Vor sechs. Der letzte war Giovanni.»

«Sechs eurer Männer. Warum?»

Don Franco zuckte mit den Schultern: «Ich dachte, das seid Ihr gewesen?»

«Wir?» Rinaldo sah ihn erstaunt an. «Nein. Wir haben euch wegen der Gräfin belagert.»

«Ja, eben. Die Morde fingen an, kurz nachdem die Gräfin zu mir gekommen ist.»

«Sie ist nicht zu euch gekommen», korrigierte ich Don Franco. «Ihr habt sie entführen lassen.»

«Was wißt Ihr denn davon?» sagte Don Franco unwirsch.

«Aber ja!» rief Charlotte Sophie hinter mir. «Er hat mich entführt.»

Rinaldo schüttelte den Kopf: «Das hätte ich niemals von euch gedacht, Don Franco. Ihr ein Erpresser?»

«Nein, nein, so war es nicht!» Don Franco drehte sich um: «Charlotte Sophie, ich will kein Geld, ich will dich!» Er hob beschwörend die Arme.

«Ich verabscheue euch», hörte ich die erstickte Stimme der Gräfin.

«Das Geld wollen wir», stellte Rinaldo trocken fest. «Aber wir haben eure Männer nicht ermordet.»

«Jemand muß es aber getan haben», ergriff ich wieder das Wort.

«Ganz recht», sagte Rinaldo. «Und noch immer scheint mir, daß Ihr der einzige Verdächtige seid.»

«Aber wie lautet mein Motiv?»

«Ihr wolltet flüchten, er versuchte, euch zurückzuhalten.»

«Und die anderen fünf? Sollte ich die etwa auch ermordet haben?»

«Könnte das nicht sein? In aller Ruhe wolltet Ihr Don Francos Männer beseitigen, um dann flüchten zu können.»

«Aber ich bin doch erst wenige Tage hier. Als ich kam, gab es die fünf Gräber schon!»

Rinaldo blickte mich ratlos an. Dann schlug er wütend mit der Faust auf den Tisch: «Ich werde euch alle erschießen lassen! Dann wird der Schuldige schon darunter sein.»

Die Angelegenheit war ihm zu kompliziert geworden.

«Ihr kapituliert also», warf ich ihm vor.

«Nein», sagte er kalt. «Ich lasse euch alle erschießen.»

«Aber ich weiß, wer der Mörder von Giovanni ist», sagte ich.

«Was?»

«Ja.»

«Wer?»

«Fragen Sie Don Franco. Er weiß es auch.»

«Don Franco?»

«Unsinn, woher ...»

«Er ist erpreßt worden», erklärte ich. «Das ist doch ganz eindeutig.»

«Ich sehe keine Eindeutigkeit, Franzose.»

«Aber vorhin haben wir doch erwogen, daß Ihr und eure Männer möglicherweise diese Morde durchgeführt haben könnten – ich sage könnten, denn wir wissen ja, daß es nicht so war – um Don Francos Gefangene in eure Hände zu bekommen.»

«Ja und?»

«Jemand anderes ist auch auf diese Idee gekommen.»

«Aber wer denn?»

«Fragen Sie diesen Mann da!» Ich deutete auf den Spitzel des Capitano. Der wurde bleich und ging einige Schritte zurück. Aber auf ein knappes Kopfnicken Rinaldos wurde er von zwei Banditen rechts und links an den Armen gefaßt und vor den Richtertisch geführt. Ich sah ihm deutlich an, daß er Angst hatte.

«Was ist mit ihm?» fragte Rinaldo.

«Am Tag, als Giovannis Leiche in die Küche geschleppt wurde, wo sie der Mörder mit den Tieren bedeckte, die die Bauern als Tribut für Don Franco gebracht hatten, an dem Tag traf ich diesen Mann im Garten. Er hatte sich als Schäfer verkleidet. Auf seiner Felljacke war ein großer Blutfleck. Das Blut von Giovanni!»

Der Beschuldigte bebte vor Angst, aber die eisernen Fäuste der Banditen hielten ihn fest.

«Stimmt das, Carabiniere?»

«Nein!» schrie der Mann.

«Wo sind deine Beweise, Franzose?» fragte Rinaldo.

«Zieht ihn aus.»

«Warum?»

«Unter der Weste trug er ein Hemd. Vielleicht hat er es noch an. Das Blut ist durch die Weste gedrungen, ich hab es selbst gesehen.»

«Zieht ihn aus!» kommandierte Rinaldo.

Der Carabiniere schlug um sich, aber sie zogen ihn bis auf Unterhemd und Unterhose aus. Auf dem Hemd sah man deutlich einen rosaroten Fleck.

Der Mann stand zitternd da, Tränen liefen ihm über das Gesicht. Seltsam, dachte ich, daß selbst ein solches Banditengericht einem Menschen derart Angst einflößen kann. Und noch seltsamer fand ich, daß dieser Mann, der kaltblütig sechs Menschen umgebracht hatte, jetzt so erbärmlich um sein Leben bangte.

Rinaldo beugte sich nach vorn: «Du bist der Mörder.»

«Nein ... ja ... nein», stammelte der Mann.

«Für wen hast du es getan?»

«Nein ... nein ...»

«Für wen?» wiederholte Rinaldo.

Der Gefangene jammerte nur noch und versuchte, sich zu

befreien. Seine Knie knickten ein. Jetzt hing er da wie ein nasser Sack, ein Häuflein Elend, kein Mensch, nur noch Schuld und Verzweiflung. Vielleicht auch nur pure Angst und sonst nichts.

«Ich kann es euch sagen», schaltete ich mich wieder ein.

«Dann redet schon!» forderte Rinaldo mich auf. Offenbar war es ihm allmählich peinlich, daß er immer noch nicht selbst auf die Lösung des Rätsels gekommen war.

«Dieser Bursche hier», ich deutete auf den jammernden Polizisten, «ist doch einer von Don Fortunatos Männern.»

«Ja, das wissen wir selbst.»

«Don Fortunato hat ihn hierher geschickt, um mich über die Vorgänge im Palast auszuhorchen.»

«Ja.»

«Also hat er ihn auch beauftragt, die Morde zu begehen.»

«Das ist lächerlich, eine Lüge!» hörte ich die Stimme des Capitano aus dem Hintergrund.

«Don Fortunato wollte selbst das Lösegeld erpressen», fuhr ich seelenruhig fort.

«Das ist eine böswillige Unterstellung», hörte ich die Stimme von Dr. Spatu.

«Lüge!» rief der Capitano.

Ich drehte mich um: «Warum habt Ihr dann nichts unternommen, um die Gefangene zu befreien?»

«Wie sollte ich denn?»

«Wäre es nicht eure Pflicht gewesen?»

«Richtig», sagte Dr. Spatu.

Ich wandte mich an ihn: «Hat Don Fortunato Ihnen gegenüber von der entführten Gräfin gesprochen?»

«Ja, hat er.»

«Aber er hat Ihnen nicht verraten, daß er schon längst wußte, wo sie war?»

«Nein, das haben wir erst gestern erfahren. Er hat uns erst eingeweiht, als er Anweisungen aus Palermo bekam, die er nicht ignorieren konnte.»

«Aber ich habe es doch selbst erst gestern erfahren», rief der Capitano.

Rinaldo wandte sich wieder an den zitternden Carabiniere. «Stimmt das?»

Der Mann schüttelte heftig den Kopf: «Don Fortunato wußte die ganze Zeit Bescheid. Seit Wochen!»

«Zuerst», schaltete ich mich ein und deutete auf den Spitzel, «hat der Capitano ihn ausspionieren lassen, ob es wirklich Don Franco war, der die Gräfin in Palermo hatte entführen lassen. Dann hat er ihn unter Druck gesetzt. Don Franco aber hat es ignoriert. Er hatte sich in seine schöne Gefangene verliebt und wollte sie um keinen Preis mehr hergeben. Vor seinen Leuten hat er die Schuld an den Todesfällen auf euch und eure Banditen geschoben.»

«Wir sind keine Banditen», sagte Rinaldo.

«Wie auch immer. Eure Belagerung diente ja auch diesem Zweck. Aber Ihr wußtet nicht, daß Ihr Konkurrenz hattet.» Einen Moment lang blickte Rinaldo mich ratlos an. Dann sagt er leise: «Ich werde sie alle erschießen lassen!»

«Tut das nicht», sagte ich, «dies ist kein Gericht. Ihr macht euch schuldig.»

«Schweig, Franzose!» rief der Bandit. Er deutete auf den Spitzel: «Weg mit ihm!» Dann in Richtung Brasi Fortunato: «Und mit ihm!» Dann zögerte er, hob schon die Hand, um auf Don Franco zu deuten, ließ sie aber wieder sinken.

«Schafft mir alle anderen aus den Augen! Sperrt sie ein!»

Die Banditen drängten den blinden Baron, die alte Maddalena, Dr. Spatu, Pfarrer Cipolla, Don Franco und seine Leute in den Palast.

Rinaldo wandte sich an 'Ntoni Callà: «Wir nehmen die Gräfin mit. Und den Franzosen!»

«Aber warum ihn?» fragte 'Ntoni. «Laß ihn doch laufen.»

«Nein», sagte Rinaldo. «Vielleicht hat er mich doch hintergangen. Falls sich herausstellen sollte, daß er sich das alles nur ausgedacht hat, um seine Haut zu retten, will ich ihn in der Nähe haben. Außerdem kann er sich nützlich machen. Schließlich ist er ein Koch!»

Ich sah 'Ntoni fragend an. Er wich meinem Blick aus. Wenig später hörten wir eine Gewehrsalve.

Ich senkte den Kopf. Auch ich war mitschuldig, daß Brasi Fortunato und sein Spitzel standrechtlich erschossen worden waren.

Rinaldos Bande hatte den Palast geplündert und einige Wagen beladen. Sie gaben mir ein Maultier. Charlotte Sophie wurde der Platz auf einer Kutsche angeboten. Sie verlangte ein Pferd. Rinaldo ließ einen seiner Männer absteigen und übergab ihr dessen Pferd. Sie schwang sich mit einer eleganten Bewegung in den Sattel.

Dann verließen wir den Palast und machten uns auf den Weg ins Gebirge.

22 ~ IM VERSTECK DER BANDITEN

Das Lager der Banditen lag hinter einem zerklüfteten Felsenmassiv. Auf halbem Weg brach die Achse eines Wagens, und die Ladung mußte auf verschiedene Maultiere verteilt werden. Manche Banditen ritten nun zu zweit auf einem Pferd. In der kargen rauhen Steinwelt kamen wir nur langsam voran.

Gegen Mittag machten wir Rast unter einem bizarren Felsvorsprung. Trotz der Strapazen und der großen Hitze waren die Banditen gut gelaunt. Sie hatten reiche Beute gemacht, scheinbar einen überwältigenden Sieg errungen und hofften auf ein großes Lösegeld für die Gräfin. Sie hatten uns getrennt, aber Charlotte Sophie wurde gut behandelt. Sie hatte eines der besten Pferde bekommen, und Rinaldo wich nicht von ihrer Seite. Immer wieder versuchte er, mit ihr ins Gespräch zu kommen, doch die Gräfin wich seinem Blick aus, drängte ihr Pferd zur Seite und verweigerte sich dem Banditen. Ich konnte nicht anders, als ihren Stolz zu bewundern. Rinaldo hatte 'Ntoni beauftragt, mich zu bewachen. Der Bruder der Fischerin aus Trezzani blieb wortkarg und antwortete nur selten, wenn ich das Wort an ihn richtete. Jetzt, im Schatten des ausladenen Felsvorsprungs, saß er grübelnd neben mir und aß wie alle anderen Brot und Käse und trank Wein dazu.

«Glaubst du wirklich daran, daß ihr Sizilien die Freiheit bringen werdet?»

«Natürlich», murmelte er.

«Sizilien ist doch längst befreit.»

«Ha! Jetzt sind wir in den Fängen von Victor Emanuel.»

«Aber der Adel ist entmachtet.»

«Nun haben wir neue Sklaventreiber. Solche wie Don Franco und noch schlimmere. Was sie uns nicht nehmen, nimmt uns der Staat. Damit die in Rom gut leben können. Und wenn das nicht reicht, holen sie uns und schicken uns in den Krieg. Einige meiner Freunde sind auf dem Schlachtfeld für eine Sache erschossen worden, von der sie überhaupt nichts wußten.»

«Ich dachte, Garibaldi hätte euch die Freiheit gebracht.»

«Rinaldo ist unser neuer Garibaldi. Er ist Sizilianer. Er wird uns die wahre Freiheit bringen.»

Ich ließ meinen Blick über die im Schatten lagernden jungen Männer gleiten. Viel mehr als dreißig waren es nicht.

«Sind das alle, die zu Rinaldo gehören?»

«Die anderen Männer und ihre Frauen sind im Lager.»

«Dann seid Ihr nicht mehr als fünfzig Leute?»

«Wir sind unendlich viele, denn jeder Bauer, jeder Fischer, jeder Ziegenhirt gehört zu uns. Wenn Rinaldo es will, werden sie alle hinter ihm stehen.»

«Und was habt Ihr vor?»

'Ntoni zuckte mit den Schultern, legte sich hin und schloß die Augen.

«Was wollt Ihr mit mir machen? Niemand wird für mich Lösegeld zahlen.»

«Du kannst bei uns bleiben.»

«Und wenn ich nicht will?»

«Du mußt. Wenn du erstmal unser Versteck kennst, gibt es kein Zurück mehr.»

«Sonst?»

«Du hast doch gesehen, was mit den Carabinieri passiert ist.»

Ich schwieg.

Nach und nach legten sich alle Männer hin, um auszuruhen. War dies die Chance zur Flucht? Sollte ich mir ein Pferd nehmen und davonreiten? Nein, es hatte keinen Zweck. Sie kannten das Gelände besser, sie waren die besseren Reiter. Und was sollte aus Charlotte Sophie werden? Ich konnte sie unmöglich in den Händen dieser Banditen zurücklassen.

Ich sah in ihre Richtung. Auch sie hatte sich hingelegt. Neben ihr saß Rinaldo. Unsere Blicke trafen sich. Wir waren Rivalen. Er wollte ihr Geld, ich wollte ihre Liebe. Ich streckte mich aus, studierte die rauhe Oberfläche des Felsens über mir und nickte ein.

Als die Sonne nicht mehr ganz so heiß herabbrannte, ging es weiter. Zunächst hinunter in ein Tal, in dem ein kleiner Bach für etwas Frische und Grün in dieser unwirtlichen Gegend sorgte. Dort trafen wir auf einige Frauen, die Felder angelegt hatten. Und auf zwei Jungen, die eine Ziegenherde beaufsichtigten. Rinaldo sprach mit ihnen. Sie blickten kurz zu mir und Charlotte Sophie, aber ihre sonnengegerbten Gesichter blieben ausdruckslos. Offenbar waren sie es gewohnt, daß Rinaldo von seinen Streifzügen menschliche Beute mitbrachte. Das Lager der Banditen lag auf einer Anhöhe, in deren Zentrum ich die Reste einer uralten Steinmauer aus schweren Quadern bemerkte. Dorische Säulen ragten in die Höhe. Nur wenige waren vollständig, die meisten nur Rümpfe, die schief aus dem zerborstenen Unterbau des zerstörten griechischen Tempels ragten. Das Giebeldreieck war noch erhalten, es wurde von fünf Säulen gehalten. Dahinter konnte ich den Rumpf einer steinernen Göttin erkennen.

Rund um den Tempel hatten Rinaldos Leute Zelte aufgeschlagen. Hier und da sah ich auch eine notdürftig errichtete Lehmhütten. Einige Frauen und Männer waren mit den Verrichtungen des Alltags beschäftigt. Es gab einen großen, aus Steinen gebauten Backofen, in den eine Frau Brote schob. Daneben befand sich die Küche: ein riesiger Grill mit freihängendem schmiedeeisernem Rost, eine Feuerstelle, über der ein riesiger Topf hing und ein Ofen mit geschlossenem Feuer.

Zwischen den Säulen im verfallenen Tempel war ein riesiges Sonnensegel gespannt worden. Darunter befand sich Rinaldos Hauptquartier. Es bestand aus einigen Tischen und Stühlen, die vor zwei großen Zelten standen.

Kaum waren wir angekommen, verschwand die Sonne hinter den Bergen. Einige Frauen schoben die Tische unter dem Sonnensegel zusammen. Andere brachten Tomaten, Oliven und Obst und kümmerten sich um das Brot und den Inhalt des großen Topfes über der Feuerstelle.

Eine Frau führte Charlotte Sophie in das linke Zelt zwischen den Säulen. Mein Herz zog sich zusammen. Sollte sie die Nacht etwa im gleichen Zelt wie Rinaldo verbringen?

Rinaldo unterhielt sich vor dem zweiten Zelt mit 'Ntoni. Sie blickten zu mir herüber. 'Ntoni nickte und kam dann zu mir.

«Es wird eine Feier geben», sagte er knapp.

Ich sah ihn fragend an.

«Du sollst kochen.»

«Jetzt? Sofort? Einfach so?»

«Nein, nicht heute. Morgen.»

«Warum ich? Habt ihr nicht genug Leute, die sich darum kümmern?» Ich deutete auf die Frauen am Herd.

'Ntoni grinste: «Du bist doch Koch?»

«Ja.»

«Wenn du es beweisen kannst, ist das nur gut für dich.»

«Was soll das heißen?»

«Es könnte doch auch sein, daß du dich nur als Koch ausgibst und in Wahrheit ein Adliger bist.»

«Den ihr gegen Lösegeld eintauschen könnt?»

«Genau.»

«Nun gut. Ihr wollt ein Festmahl?»

'Ntoni nickte: «Ein Festmahl, ja.»

«Ihr sollt es bekommen.»

«Gut.»

Er wandte sich ab, drehte sich aber nochmal zu mir um: «Wenn du Hunger hast ...» Er deutete zur Feldküche: «Laß dir was geben.»

Damit war klar, daß mir nicht die Ehre zuteil werden würde, am Tisch mit Rinaldo essen zu dürfen.

'Ntoni ging zu zwei jungen Burschen und sprach mit ihnen. Sie blickten zu mir herüber und nickten.

Das waren nun also meine Aufpasser. Sie folgten mir auf Schritt und Tritt, während ich mir das Lager ansah. Unter diesen Umständen war an eine Flucht nicht zu denken. Ich setzte mich auf einen Felsbrocken in den Schatten einer geborstenen Steinwand.

Immer wieder warf ich einen Blick zu Rinaldos Tisch. Dort saß der Anführer mit seinen Getreuen. Charlotte Sophie hatte an seiner rechten Seite Platz genommen. Manchmal hob sie den Kopf und ließ ihren Blick über das Lager schweifen. Suchte sie nach mir? Als mein Magen zu knurren begann, ging ich zu der Frau, die den Inhalt des großen Feuertopfes mit einer Schöpfkelle verteilte und holte mir meine Portion ab.

«Was ist das?» fragte ich die Köchin.

«*Maccu di favi*», sagte sie, eine Suppe aus dicken Bohnen. Ich kostete mit dem Holzlöffel, den sie mir gereicht hatte. Der Eintopf schmeckte nach wildem Fenchel, war salzig und sehr scharf.

Ich nahm den Teller, trat ein paar Schritte zur Seite und setzte mich. Ab und zu kamen einzelne oder mehrere von Rinaldos Leuten und holten sich ihr Essen ab. Die meisten waren junge und rauhe Burschen. Dies war kein wilder Haufen, keine Bande von Verbrechern, eher eine verschworene Gemeinschaft von Entwurzelten, Entrechteten und Geächteten. Die wenigen Frauen gehörten stets zu einem Mann, das war ebenfalls zu erkennen.

Ich sah dem abendlichen Treiben zu. Sie aßen gierig und tranken Wein dazu. Gesprochen wurde wenig. Alle schienen ziemlich erschöpft zu sein.

Meine beiden Bewacher brachten mir einen Ziegenbalg mit Wein und verzogen sich wieder.

Ich dachte nach.

Dies mochte wie eine Idylle von naturverbundenen Freiheitskämpfern aussehen, und vielleicht waren diese Banditen keine schlechten Menschen. Doch es war nicht meine Welt. Ich wollte fort. Aber ich würde nicht ohne sie gehen.

Mein Mund brannte vom scharfen Eintopf, ich spürte den Wein.

Dann hatte ich eine Idee.

∾ 23 ∾ GIACOMOS LIST Am nächsten Morgen stand ich zeitig auf und setzte mich auf eine Mauer, von der aus ich die Zelte zwischen den Säulen im Auge behalten konnte. Vor den beiden Zelten saß ein Wachposten im Schneidersitz, ein Gewehr auf den Knien. Zuerst sah ich, wie 'Ntoni aus einem Zelt neben den Säulen trat, sich reckte, in die Morgensonne blinzelte und dann in das linke Zelt zwischen den Säulen ging. Kurz darauf kamen die beiden Männer heraus.

Ich blieb gespannt sitzen.

Nach einer halben Stunde schob eine weiße Hand die Plane am Eingang des rechten Zelts auseinander. Dort hatte Charlotte Sophie also geschlafen. Allein. Ich war erleichtert.

Eine Frau bemerkte sie und kam zu ihr. Sie sprachen kurz miteinander, dann gingen sie zusammen fort.

'Ntoni sprach eine Weile mit Rinaldo. Dann trennten sich die beiden. 'Ntoni schlenderte zu mir herüber.

«Heute ist dein großer Tag, Giacomo.»

Sie nannten mich jetzt Giacomo, als sei ich einer der ihren.

«Wirst du mich unterstützen?»

«Natürlich. Du sollst alles haben, was du brauchst und was sich beschaffen läßt.»

«Gut.»

«Es soll ein großes Fest werden, also streng dich an.»

«Wenn ich koche, dann mache ich keine Kompromisse.»

«Mit dieser Einstellung bist du bei uns richtig.»

«Aber ich brauche viele Zutaten.»

«Was willst du haben?»

«Ich habe gesehen, daß Ihr Kaninchen gejagt habt.»

«Ja.»

«Die brauche ich.»

«Gut.»

«Zicklein sollen geschlachtet werden.»

«Wird gemacht.»

«Hühner will ich auch.»

«Kein Problem.»

«Reis, Pasta, Kichererbsen, Käse, Tomaten, Oliven, Auberginen, Sardellen und ...». Ich zählte noch viele weiteren Zutaten auf. Am Ende der Liste standen Pfefferschoten und Knoblauch.

'Ntoni zog die Augenbrauen zusammen: «Wie soll ich mir das alles merken?»

«Ich habe alles im Kopf. Du mußt mir nur sagen, wer es beschaffen kann.»

«Ich werde die Leute zu dir schicken.»

«Habt Ihr Fisch?»

'Ntoni sah mich skeptisch an: «Siehst du hier etwa das Meer?» Er deutete vage um sich.

«Ich weiß nicht, wo wir hier sind. Wie soll ich da wissen, wo das Meer ist?»

«Man würde es riechen.»

«Mag sein.»

'Ntoni blickte zu einer Hütte, die als Vorratsraum benutzt wurde: «Stockfisch. Wir haben Stockfisch.»

«Das ist gut. Ich werde *Piscistuocco a ghiotta* machen, so wie ich es im Haus deiner Schwester gelernt habe.»

Er sah mich abwesend an, wandte seinen Blick ab und richtete ihn in die Ferne.

«Ja, das ist gut», sagte er, «Piscistuocco ...»

«Ich brauche Wein. Zum Kochen und für heute abend sowieso.»

«Komm mit. Du wirst sehen, daß es bei uns fast so zugeht wie in den Palästen.»

Er führte mich zu einem Höhleneingang und schloß das Hängeschloß auf, das die Kette vor dem hölzernen Tor sicherte. Im Eingang lag eine Fackel in einer Nische. Er zündete sie an, und wir traten in den Weinkeller der Banditen.

Dort türmten sich zahlreiche größere und kleinere Fässer. Stolz deutete 'Ntoni auf die Faßreihen: «Es ist alles da, sogar Marsala. Und Schnaps», er klopfte auf eines der kleineren Fässer.

«Wie habt Ihr alles hierher geschafft?»

«Diese beiden hier», 'Ntoni strich über zwei Fässer, die etwas separat standen, «stammen aus dem Weinkeller von Don Franco. Die anderen haben wir auf unseren Streifzügen eingesammelt, oder sie sind uns geschenkt worden.»

«Geschenkt?»

Er grinste: «Es gibt Menschen, die können gar nicht anders, als uns etwas schenken.»

«Darf ich einen Schlüssel haben?» fragte ich kühn.

'Ntonis Grinsen verschwand.

«Wozu?» Er kniff die Augen zusammen.

«Damit ich Zugang habe, wenn ich etwas brauche.»

«Ich werde dir Zugang verschaffen, wenn es nötig ist.»

«Gut.»

Ich wandte mich wieder dem Ausgang zu.

«Giacomo», sagte 'Ntoni.

Ich drehte mich zu ihm um: «Ja.»

«Du wirst alles vorkosten müssen, bevor unsere Leute anfangen zu essen. Verstanden?»

«Ja, natürlich.» Ich zuckte mit den Schultern.

Wir gingen nach draußen.

Nun begann die Arbeit. 'Ntoni kommandierte einige Frauen ab, die mir helfen sollten. Zuerst waren sie sehr zurückhaltend. Aber als sie feststellten, daß ich nicht nur übers Essen reden konnte, sondern auch geschickt mitanfaßte, wenn es darum ging, ein Huhn zu rupfen oder einem Kaninchen das Fell über die Ohren zu ziehen, wurden sie gesprächiger. Sie brachten Körbe voller Tomaten und Auberginen, schleppten Säcke mit Kichererbsen herbei und andere mit Weizen. Sie kamen mit Mörsern und riefen kräftige Burschen, die Kichererbsen und Getreide zu Mehl verarbeiten mußten. Sie holten Fässer mit Oliven, mit gesalzenen Kapern und mit eingelegten Sardellen. Sie zerlegten Kaninchen und Zicklein. Sogar Blumenkohl zauberten sie aus ihrem versteckten Garten hervor.

Ich war froh, endlich wieder arbeiten zu können. Ich packte zu, kommandierte, gab Ratschläge, ließ mich belehren. Es war wie in der Küche eines großen Hotels, nur daß wir hier unter freiem Himmel arbeiteten. Meine Begeisterung übertrug sich auf meine Helferinnen und Helfer.

Aus dem *Kichererbsenmehl* wurde im Kochtopf ein Teig hergestellt, der dann auf ein großes Holzbrett zum Erkalten ausgestrichen wurde. Ich ließ eine Farce aus Zwiebeln, Knoblauch, Oliven, Pinienkernen, Kapern und Rosinen machen, mit der ausgehöhlte *Tomaten* gefüllt wurden. Für die Kaninchen benötigte ich frisch geschnittene Zweige von Thymian und Rosmarin, die ich in den großen Topf mit dem Ragout gab. Genauso wie die *Hühnchen* würden sie im Ofen zusammen mit der «Trüffel des armen Mannes» gebacken werden: pro Tier mindestens vierzig Knoblauchzehen! Das *Ziegenragout* würde mit getrockneten salzigen Oliven besonders würzig werden, und die Hühnchen wurden außerdem, bevor sie in den Ofen kamen, mit einer Paste aus Brotkrume, Sardellen, Butter, Muskat und Zitronensaft gefüllt. Auch hier sparte ich nicht an Knoblauch. Ich erklärte einem Mädchen, das mir neugierig bei der Arbeit zusah und lachte, als mir ein paar Schweißtropfen in die Kasserolle fielen, daß man in meiner Heimat gern auch mal ganze Knoblauchknollen nimmt und sie zum Fleisch tut, das dann in den Ofen kommt.

Der *Stockfisch* wurde ein paar Stunden kürzer eingeweicht als üblich und dann mit Tomaten, Kartoffeln, Birnen, Oliven und anderen Zutaten, nicht zuletzt auch Knoblauch, in einen großen Topf geworfen, der dann über das offene Feuer gehängt wurde.

Und die ganze Zeit waren fleißige Hände dabei, grobes Meersalz, Pfefferkörner und Pfefferschoten in Mörsern zu zermahlen.

Die Zeit verging im Flug. Während der Arbeit hatte ich kaum Zeit, über mein Schicksal und das der Gräfin nachzudenken.

Dabei ging es doch vor allem um sie. Jeder Schweißtropfen, über den das kleine Mädchen lachte, war ein Schweißtropfen für die Freiheit der schönen Gefangenen.

Ab und zu erhaschte ich einen Blick von Charlotte Sophie. Rinaldo schien nicht von ihrer Seite zu weichen. Im Stillen hoffte ich, daß sie nicht allzuviel von meinen Speisen würde essen müssen. Noch bevor die nächste Nacht vorbei war, mußten wir über alle Berge sein. Nur leider wußte sie noch nichts von meinen Fluchtplänen.

Am Nachmittag machten wir eine Pause, schliefen im Schatten der dorischen Säulen, dann begannen die Vorbereitungen für das Fest. Musikinstrumente wurden herbeigeschafft, ein Festplatz mit Fackeln abgesteckt, die später angezündet werden konnten. Eine lange Tafel wurde aufgestellt.

Ich hatte 'Ntoni schon den ganzen Tag aus der Ruhe gebracht, indem ich ihn um den Schlüssel für den Weinkeller bat. Jedesmal war er mitgekommen, hatte mir aufgeschlossen, mir zugesehen, wie ich eine Flasche oder ein kleines Faß mit Wein mitnahm, und dann das Tor wieder verriegelt.

Nun aber war er selbst ins Schwitzen gekommen, als es darum ging, eine lange Tafel aus schweren Holzbohlen zu zimmern, denn Rinaldo bestand darauf, daß alle an einer einzigen Tafel Platz nehmen sollten, «wie die Herrschaften in den Palästen».

Als ich diesmal zu 'Ntoni trat, zog er unwirsch den Schlüssel aus der Hosentasche und warf ihn mir zu. Darauf hatte ich gewartet.

Ich schlenderte zum Weinkeller, tat so, als hätte ich alle Zeit der Welt und schloß auf. Ich nahm die Fackel, zündete sie an und steckte sie in den Eisenring an der steinernen Wand.

Dann begann ich, meinen Plan durchzuführen. Ich schleppte ein kleines Faß mit Branntwein zu einem der Weinfässer, nahm einen Schlauch, stopfte ihn in das Spundloch des Schnapsfasses, schob das andere Ende in den Mund und sog kräftig daran. Beinahe hätte ich mich verschluckt. Aber es gelang mir noch rechtzeitig, den Schlauch in das Weinfaß zu stecken.

Auf diese Weise verfuhr ich mit allen Branntweinfässern, die ich finden konnte. Es war nicht ganz einfach, denn es kam darauf an, den Wein soweit mit Alkohol anzureichern, daß er seine unkontrollierbare schädigende Wirkung erzeugen konnte, aber trotzdem nicht bemerkt wurde, daß das Getränk angereichert worden war.

Gerade als ich wieder ein Schnapsfaß öffnete und am Schlauch saugte, knarrte die Holztür des Weinkellers und 'Ntoni trat ein.

«Was machst du da?»

Diesmal verschluckte ich mich wirklich. Der Alkohol schoß mir in die Kehle und verbrannte mein Inneres. Ich spuckte und keuchte.

'Ntoni lachte: «Willst du dich jetzt schon betrinken, Giacomo? Hast du festgestellt, daß das Essen mißraten ist?»

«Nein, nein», hustete ich. «Alles ist in Ordnung.»

'Ntoni blickte mich plötzlich streng an: «Also was machst du die ganze Zeit hier?»

«Der Wein ... ich habe nur den Wein probiert. Außerdem brauche ich noch etwas für heute abend: Marsala für das *Zabaione* und Alkohol für den *Rum Baba*.»

Seine Augen blitzten. Er sah mich eindringlich an. Warf einen Blick auf die Fässer, die ich verschnitten hatte und sagte dann: «Warum machst du das selbst? Schick doch einen Jungen oder eine der Frauen. Du bist doch der Chefkoch, ist es nicht so?»

«Ja, natürlich. Aber ich bin fremd hier ...»

Er winkte ab: «Genug! Bist du jetzt fertig?»

«Ja.»

«Dann geh und gib mir den Schlüssel.»

«Gut.»

Ich schlich davon.

Hatte 'Ntoni bemerkt, was ich im Schilde führte? Ich hatte nicht viel Zeit, mir darüber Gedanken zu machen. Die Arbeit ging weiter, und schließlich wurde als letztes die herzhafte *Pizza* mit Caciocavallo, Sardellen und vielen Zwiebeln bereitet. Dann kamen die Vorspeisen auf den Tisch, und das Fest begann.

Es kam tatsächlich so, wie ich es geplant hatte: Die Speisen waren sehr salzig und sehr scharf zubereitet. Ich hatte extra Gerichte ausgesucht, die mit Sardellen, eingelegten Kapern, Oliven oder scharfen Pfefferschoten gekocht wurden. Hinzu kam die sehr großzügige Verwendung von Knoblauch und Zwiebeln. Bekanntlich machen Salz, Pfeffer, Knoblauch und Zwiebeln durstig. Meine Gerichte machten sehr durstig.

Bald schon merkte ich, daß die Banditen dem Wein besonders eifrig zusprachen, um ihre feurigen Kehlen zu löschen. Sie taten dies mit eben dem Wein, dessen Alkoholgehalt ich erhöht hatte.

Schon während der Hauptgerichte schwankten einige der Feiernden. Als dann die Musik begann und getanzt wurde, trug die Ausgelassenheit noch mehr zum Trinken bei. Als die Desserts gebracht wurden, waren schon einige der Burschen unter den Tisch gesunken.

Ich trank kaum etwas. Ängstlich beobachtete ich Charlotte Sophie, die neben Rinaldo saß und mehr Wein trank, als ihr guttat. Rinaldo schien allmählich ihr Vertrauen zu erlangen. Immer öfter legte sie ihre zarte Hand auf seinen braungebrannten muskulösen Unterarm, immer öfter beugte sie sich lachend zu ihm herüber. Alle waren in bester Stimmung, nur ich nicht. Und 'Ntoni. Wie ein Luchs lauerte ich auf meine Gelegenheit. Wie eine Hyäne umschlich er mich und wartete darauf, daß ich etwas tat, was ihm mißfiel. Offensichtlich hatte er Verdacht geschöpft.

Längst schon war es dunkel geworden, überall flackerten Fackeln im leichten Wind. Noch immer spielte die Musik, noch immer tanzten einige, aber das Fest hatte bereits seinen Höhepunkt überschritten. Viele von Rinaldos Leuten hatten sich irgendwo schlafen gelegt. Und gerade die Kräftigsten schliefen jetzt am tiefsten und schnarchten vor sich hin.

Ich beobachtete, wie Charlotte Sophie Arm in Arm mit Rinaldo zwischen den Säulen verschwand. Beide schwankten. Ich schlich näher, um sehen zu können, was passierte. Sie standen vor den Zelten im verfallenen Tempel und stritten sich. Es ging darum, in welches Zelt sie gehen sollte.

Die schöne Gräfin wies den stürmischen Banditen ab. Ganz offensichtlich war sie noch etwas sicherer auf den Beinen als er. Sie gab ihm einen Stoß gegen die Brust, und er taumelte, stolperte über einen Stein und fiel hin.

Er lachte. Sie lachte. Mühsam stand er wieder auf. Er wankte auf sie zu und versuchte, sie zu umarmen. Sie wich ihm aus. Und wieder verlor er das Gleichgewicht und stürzte zu Boden. Sie stolperte über ihn, rollte sich erschrocken zur Seite und sah ihn an. Er regte sich nicht.

Sie stand mühsam auf, klopfte sich den Staub vom Kleid und ging mit unsicheren Schritten zu ihrem Zelt, schob das Moskitonetz beiseite und verschwand.

Ich war enttäuscht, daß sie sich von ihrem Entführer hatte betören lassen.

Ich wollte schon loslaufen, um nachzusehen, was mit Rinaldo passiert war, als ich inne hielt.

'Ntoni näherte sich. Er blieb vor seinem Anführer stehen, sah einen Moment auf ihn herab, dann kniete er sich hin und rüttelte ihn. Rinaldo gab kein Lebenszeichen von sich. 'Ntoni stand wieder auf, faßte nach den beiden Beinen des Bewußtlosen und zog ihn in das andere Zelt.

Rinaldo, der Banditenführer, mußte seinen Rausch ausschlafen wie die anderen seiner Bande.

Ich verschwand hinter einer Mauer und schlich gebückt zum Ende des Lagers, wo die Pferde und Maultiere in einer Koppel untergebracht waren.

Ich hatte am Vormittag alles ausgekundschaftet. Ich wußte, in welchem Verschlag das Zaumzeug untergebracht war. Ich holte mir zwei Sättel, suchte zwei Pferde aus, band sie am Zaun fest und sattelte sie.

Dann schlich ich zurück zum Tempelbereich, versteckte mich hinter einer Mauer und wartete ab.

Als mir alles ruhig erschien, lief ich zum Zelt von Charlotte Sophie. Ich trat ein und sah sie allein auf ihrem Lager liegen. Erleichtert stellte ich fest, daß sie zu erschöpft gewesen war, sich auszukleiden.

Ich sammelte die nötigsten Habseligkeiten zusammen, band sie zu einem Bündel und kniete neben ihrer Bettstätte. Ich rüttelte sie sanft. Sie regte sich, wachte aber nicht auf. Ich versuchte es nochmal und ein weiteres Mal. Ohne Erfolg.

Ich gab auf.

Natürlich konnte ich nicht darauf warten, daß sie aufwachte. Dazu war die Nacht zu kurz.

Ich warf mir ihr Bündel über die Schulter, dann faßte ich sie unter den Schultern und zog sie aus dem Zelt.

Draußen blickte ich mich um, entdeckte niemanden, stemmte die Schlafende hoch und legte sie mir behutsam über die Schulter. Dann schlich ich mit meiner kostbaren Last zu den Pferden.

Vor der Koppel legte ich sie sanft auf den Boden. Sie atmete hörbar, gab aber noch immer kein weiteres Lebenszeichen von sich.

Einen Moment überlegte ich noch, wie ich sie auf das eine der beiden Pferde schnallen könnte, da schreckte ich heftig zusammen, als ein mächtiger Schatten sich auf mich zubewegte.

Ich trat zwei Schritte zurück, prallte gegen den Zaun und sah, daß es ein Mann war.

«Das also war dein Plan, Giacomo», sagte 'Ntoni.

In der Hand hielt er einen Revolver.

«Was ...»

«Du hast uns überlistet», sagte 'Ntoni.

«Ich habe es versucht.»

«Das Essen war scharf und salzig.»

«Ja.»

«Du hast Schnaps in den Wein gegossen.»

«Ja.»

«Kein schlechter Plan. Aber ich habe dich erwischt.»

«Ja.»

«Was willst du nun tun?» fragte 'Ntoni.

Die auf dem Boden Liegende seufzte.

«Es noch einmal probieren.»

'Ntoni lachte.

«Rinaldo wird es dir nie verzeihen. Er wird dich erschießen lassen.»

«Es war einen Versuch wert.»

Ich sah Charlotte Sophie an. Sie regte sich und seufzte wieder.

«Sie paßt nicht hierher», sagte 'Ntoni.

«Natürlich nicht.»

«Es wird sehr lange dauern, bis wir das Geld bekommen. Wenn es überhaupt kommt.»

«Das ist fraglich.»

«Die Polizei wird es verhindern wollen, und andere werden auf das Lösegeld lauern ...»

«Es wird lange dauern.»

«Vielleicht wird es auch ein Gefecht mit der Staatsmacht geben oder mit anderen Banden. Einige von uns werden sterben. Vielleicht wird sogar sie umgebracht.»

Ich schwieg.

«Es wäre besser gewesen, dein Fluchtversuch wäre gelungen, Giacomo.»

Was meinte er damit?

«Grüß meine Familie von mir, Giacomo.»

Er steckte den Revolver in den Gürtel.

«Was soll ich?» fragte ich verwirrt.

«Laß die Pferde bei Mena. Ich werde sie dann holen.»

«Bei Mena? Ich ... du meinst, wir ...»

«Na los!»

Er half mir dabei, die noch immer schlafende Gräfin vor mich auf das Pferd zu setzen.

Er erklärte mir den Weg und band das zweite Pferd los.

«Ich werde dafür sorgen, daß sie euch in einer anderen Richtung suchen», sagte er.

Dann ritten wir davon.

24 ~ REISE INS UNGEWISSE

Es war ein Alptraum. Die Sonne brannte heiß auf uns nieder. Doch wir durften uns keine Rast erlauben. Charlotte Sophie kam erst im Morgengrauen zu sich. Erschrocken bemerkte sie, daß sie ein weiteres Mal entführt worden war.

Es gelang mir, sie zu beruhigen. In knappen Worten erzählte ich ihr, was geschehen war. Ich machte ihr Komplimente, wie großartig sie sich gegen den Banditen Rinaldo verteidigt hätte. Das gefiel ihr. Nachdem sie ihr eigenes Pferd bestiegen hatte, kamen wir schneller voran. Wir waren erleichtert, als wir unterwegs auf Ziegenhirten trafen, die uns den Weg noch einmal erklärten.

In der Mittagshitze rasteten wir. Charlotte Sophie schlief ein, ihren Kopf auf meinen Oberschenkel gebettet. Dann ritten wir die ganze Nacht hindurch. Je länger es dauerte, um so größer wurde unsere Angst, eingeholt zu werden. Im Morgengrauen des nächsten Tages erreichten wir Trezzani und klopften an der Tür von Mena, der Fischerin.

Wir wurden herzlich empfangen, richteten die Grüße von 'Ntoni aus, berichteten nur das Allernötigste und baten um Hilfe.

Mena zögerte nicht lange. Wenig später liefen wir über den Strand zu ihrem Boot, schoben es ins Wasser und stiegen ein.

Der Wind stand günstig, dennoch dauerte es sehr lange, bis wir das italienische Festland erreichten. Es war ein weiterer Tag in sengender Hitze, den wir hungrig und durstig überstehen mußten.

Mena hatte zu Recht darauf bestanden, uns sofort von Sizilien fortzubringen, denn dort konnten wir uns nach alledem, was passiert war, nicht eine Sekunde lang sicher fühlen.

Als wir um Mitternacht landeten, bedankten wir uns bei unserer Retterin. Sie gab uns eine Decke mit, in die Charlotte Sophie und ich uns während der nächtlichen Fahrt eingerollt hatten.

Ein Fußmarsch ins Ungewisse begann.

Gegen Mittag des nächsten Tages erreichten wir einen Ort, in dem es einen Gasthof gab.

Dort aßen wir mit großen Appetit und tranken einen frischen Landwein, der uns belebte.

Nach dem Essen lächelte sie mich an und sagte: «Sie heißen also Jacques?»

«Jacques Pistoux.»

«Ich werde dich Jakob nennen», sagte sie auf deutsch und blickte mich ernst an.

«Jakob?» sagte ich zweifelnd.

«Ja.» Sie hob ihr Weinglas. «Vielen Dank, Jakob, daß du mir das Leben gerettet hast.»

Wir stießen an.

Dann küßte sie mich.

DAS KOCHBUCH DES JACQUES PISTOUX

*« Der eine möchte es roh,
der andere gekocht. »*
Sizilianische Alltagsweisheit

Verwundet und geschwächt erwacht Jacques Pistoux in einem dunklen Zimmer. Seine unbekannte Krankenschwester füttert ihn mit einer Suppe: «Ich schmeckte das Mittelmeer»:

~ FISCHSUPPE ~

1 kg verschiedene mediterrane Fischsorten werden filetiert, in Stücke geschnitten, mit Salz und Pfeffer gewürzt, in eine feuerfeste Form gelegt und mit 1 Glas Weißwein und ¼ Glas Olivenöl beträufelt. 1 Stange Sellerie, 300 g Tomaten, 300 g Zwiebeln, 1 Knoblauchzehe und 1 Bund Petersilie hacken und mit 1 Lorbeerblatt dazugeben. Wasser angießen, bis der Fisch bedeckt ist. Gut verschlossen bei 180 Grad ½ Stunde im Backofen garen. Mit geröstetem Brot servieren.

Als er wieder aufstehen kann, setzt sich der gestrandete Franzose an den Tisch seiner Gastgeberinnen: «Längst schon war mir der Duft von Auberginen, Sellerie, Tomaten und Oliven in die Nase gezogen»:

~ CAPUNATA ~

1 kg Auberginen würfeln und in 100 ml Olivenöl anbraten. 4 Stangen Sellerie in Stücke schneiden und blanchieren. 1-2 große Zwiebeln in 50 ml Olivenöl andünsten, 500 g passierte Tomaten hinzufügen und 1 Bund Basilikumblätter einstreuen. Die Selleriestücke sowie eine gewürfelte Birne,

1 El Kapern, 20 schwarze Oliven, 2 El Pinienkerne, 2 El Zucker und 100 ml Essig dazugeben, 20 Minuten garen. Auberginen hinzufügen, 10 Minuten weitergaren. Abkühlen lassen. Mit gehackten Mandeln und Basilikum bestreuen.

Als Pistoux und Mena, die Fischerin von Trezzani, vom Fischfang zurückkommen, gibt es ein einfaches Pasta-Gericht:

∾ Spaghetti mit gebackenen Auberginen ∾

2 Auberginen schälen und in Scheiben schneiden, mit Salz bestreuen und abtropfen lassen. 1 Knoblauchzehe in 3 El Olivenöl anbraten, 800 g passierte Tomaten hinzufügen, salzen, pfeffern und ca. 20 Minuten einkochen. Auberginen trockentupfen und in Olivenöl braten. Spaghetti kochen. Tomatensauce darübergeben, Auberginen darauflegen, mit Basilikum und Schafskäse bestreuen.

Während die anderen Einwohner von Trezzani auf der Piazza feiern, kochen Lia und Mena ein Festessen für einen geheimnisvollen Gast:

⌇ Gefüllte Zwiebeln und Tomaten ⌇

4 Zwiebeln und 4 Tomaten aushöhlen. Das Ausgehöhlte mit 500 g Hackfleisch, 1 El gehackten Kapern und 2 Eiern sowie Basilikum, Salz, Pfeffer und geriebenem Parmesan vermengen und in die Zwiebeln und Tomaten füllen. Im Ofen bei 200 Grad eine halbe Stunde backen.

⌇ Sardinen, gebraten ⌇

3 Knoblauchzehen in ½ Tasse Olivenöl anbraten. 20 Sardinen in die Pfanne legen, mit Salz, Pfeffer und 1 El Fenchelsamen würzen. Weißwein angießen. Ab und zu die Fische umschichten, bis sie gar sind.

⌇ Ziegenragout mit Zitrone ⌇

75 g Speckwürfel anbraten, 1 kg Ziegenfleisch dazugeben, salzen und pfeffern, 400 ml Gemüsebrühe hinzufügen und 1 Stunde bei 180 Grad im Ofen garen. Kurz vor dem Servieren den Saft von 2 Zitronen einrühren.

⌇ Gelee aus Melonen ⌇

2 kg Wassermelonenfleisch pürieren. Mit 100 g Zucker, 60 g Speisestärke und 1 El Jasminblütenwasser in einem Topf langsam erhitzen, 4–5 Minuten köcheln lassen. Mit Zimt würzen. 3 El Zitronat und 2 El geraspelte Bitterschokolade hinzufügen und in eine runde Form gießen. Einige Stunden kühlen, stürzen und mit Jasminblüten dekorieren.

Um zu beweisen, daß er wirklich ein französischer Koch ist, muß Pistoux für die einflußreichen Bürger von Trezzani ein Abendessen kochen.
Er gibt ihm den Namen «Menü Pistoux»:

∼ Fritierte Eier ∼

6 hartgekochte Eier längs halbieren. Eigelb herausnehmen und mit 50 g Butter zerdrücken. Mit 2 El kalter Béchamelsauce, gehackten Kräutern (Petersilie, Estragon, Kerbel) und feingewürfeltem gekochten Schinken verrühren. Mischung auf die Eihälften geben und sie damit zu einem ganzen Ei formen. Panieren und in heißem Fett ausbacken.

∼ Soupe au Pistou ∼

1 kg kleine weiße Bohnen, 250 g dicke Bohnen, 125 g Zuckerschoten, 250 g kleingeschnittene Zucchini, 2 Zehen Knoblauch, 250 g Kartoffeln, 250 g Tomatenwürfel, 2 gehackte Zwiebeln und 1 Basilikumzweig in 4 Liter Wasser aufkochen, salzen und 1 Stunde köcheln lassen. 100 g gebrochene Makkaroni hinzufügen und garkochen. Währenddessen das Pistou zubereiten: In einem Mörser 200 g Tomatenwürfel, 100 g Basilikumblätter, 4 Knoblauchzehen zermahlen und mit 6 El Olivenöl vermengen. Suppe heiß servieren, das Pistou im Mörser auf den Tisch stellen. Jeder nimmt sich davon nach Geschmack und reibt frischen Parmesan darüber.

⌇ KREBSSOUFFLÉ ⌇

Aus 40 g Butter, 40 g Mehl, 300 ml Milch und
100 ml Krebsfond eine Béchamelsauce herstellen.
200 g Taschenkrebsfleisch einarbeiten, 4 Eigelb
einrühren, salzen, pfeffern und 4 geschlagene Eiweiß
unterheben. Eine Soufflèform zu ²/3 füllen und
30 Minuten bei 200 Grad im Ofen backen.

⌇ SEEZUNGE ⌇

Den Fisch panieren und in eine gebutterte Keramikform
legen. Mit heißem Fischfond übergießen und
pochieren. Dann wird der Fisch zusammen mit einem
Teller mit feingehackten Zwiebeln, zerriebenem
Thymian und zerstoßenen ungesüßten Biskuits serviert.
Der Kellner nimmt die Seezunge vor den Augen der
Gäste aus der Form, filetiert sie und legt sie zwischen
zwei warme Teller. Zwiebeln, Thymian und
Biskuitbrösel kommen nun in den Fond, der gebunden
wird. Anschließend werden Austern in den Fond
gegeben und kalte Butterstücke eingerührt. Sobald die
Austern gar sind, werden die Seezungenfilets mit der
Sauce nappiert.

⌇ SALADE MESCLUN ⌇

250 g gemischten Blattsalat (grüner Salat, Löwenzahn,
Rauke, Radiccio, Zichorie, Ysop, Basilikum, Portulak,
Kresse, Kerbel) mit einer Vinaigrette aus 5 El Olivenöl,
1 El Weinessig, 5 feingehackten Schalotten, Kräutern der

Provence, Salz und Pfeffer vermengen. Auf 2 Scheiben altem Brot Knoblauch zerreiben, in Würfel schneiden und in Olivenöl rösten. Mit zwei grobgehackten hartgekochten Eiern über den Salat geben.

∿ Hasenrücken in Sahnesauce ∾

Das Fleisch salzen und pfeffern und in einer Mischung aus 2 El Cognac, 200 ml Hühnerbrühe, 1 El Öl, 1 gehackten Zwiebel, 1 gehackten Karotte, 2 geviertelten Knoblauchzehen, 1 Thymianzweig, 1 Lorbeerblatt und 1/2 Bund Petersilie 12 Stunden marinieren. Herausnehmen und im Ofen bei 220 Grad auf jeder Seite 10 Minuten bräunen, dann 30 Minuten braten und dabei mit der Marinade beträufeln. Fleisch herausnehmen, Bratensaft einkochen, 150 ml Sahne einrühren, cremig kochen. Hasenrücken mit der Sauce überziehen. Dazu gibt es Nudeln.

∿ Charlotte au Chocolat ∾

14 g Gelatine in 70 g kaltem Wasser aufweichen. Währenddessen aus 1/2 Liter Milch, 6 Eigelb und 70 g Zucker im Wasserbad eine Crème anglaise schlagen. 180 g Bitterschokolade und 110 g Kakaopulver sowie die Gelatine einarbeiten und die Masse abkühlen lassen. 500 g geschlagene Sahne unterheben. Eine Charlotte-Form mit 300 g Löffelbiskuits auskleiden und die Schokoladen-Sahne-Masse einfüllen. 4 Stunden kühlen, mit Schokoladenraspeln dekorieren und eine Crème anglaise dazu reichen.

*Als Jacques Pistoux nach einem beschwerlichen Ritt im
Palast von Don Franco eintrifft, sitzt sein neuer Arbeitgeber
beim Abendessen und beklagt eine karge Mahlzeit:*

∿ «SCHILDKRÖTEN» ∿

8 Eier hartkochen und schälen. 500 g Tomaten schälen,
entkernen, hacken und mit Olivenöl zu einer dicken
Sauce einkochen. 1 Bund gehackte Petersilie,
10 g gehackte Kapern einrühren, mit Oregano, Salz und
Pfeffer würzen. Eier halbieren und in eine Terrine legen.
Sauce darübergießen, 5 Minuten im Ofen erhitzen, mit
Landbrot servieren.

*Pistoux hat sich im Palast verlaufen. Hungrig
kommt er schließlich in der Küche an und bekommt
von Maddalena ein herzhaftes Frühstück:*

∿ OMELETTE MIT SCHAFSKÄSE ∿

3 Eier schaumig schlagen und 25 g frische Semmelbrösel,
25 g Schafskäse, 1 El Kapern, gehackte Petersilie sowie
Pfeffer und Salz dazugeben. In Olivenöl auf beiden
Seiten braten und zusammengefaltet servieren.

*Begierig, die Geheimnisse der sizilianischen Küche
kennenzulernen, läßt Pistoux sich von Maddalena
erklären, wie sie Rotbarben zubereitet:*

⁓ GHIOTTA ⁓

Für das «Matrosenessen» muß man 1 kg Meerbarben in
Olivenöl braten und warmstellen. Dann werden
2 gehackte Zwiebeln in Olivenöl angedünstet,
800 g pürierte Tomaten dazugegeben und leicht
eingekocht. Schließlich kommen 200 g entkernte grüne
Oliven dazu sowie einige frische Pfefferminzblätter. Die
Sauce kommt über die Fische. Zusammen abkühlen
lassen und kalt servieren.

*Nach seiner beunruhigenden Entdeckung auf dem Friedhof
des Palastes setzt Pistoux sich unter einen Mandelbaum
und denkt über ein Abendessen nach, das er als Reminiszenz
an die Kochkunst von Rosalia Callà zubereiten möchte:*

⁓ ORANGENSALAT ⁓

Orangen schälen, enthäuten und in Scheiben oder
Stücke schneiden. Mit in Scheiben geschnittenen
schwarzen Oliven, Zwiebeln und gehackter Petersilie
vermischen, salzen, pfeffern und eine Viertelstunde
ziehen lassen.

⁓ MACCHERONI MIT SARDINEN ⁓

300 g Maccheroni garen. 200 g wilden Fenchel
blanchieren und grobhacken. 1 gehackte Zwiebel in
Olivenöl dünsten, 2 Sardellenfilets dazugeben und garen,
bis sie zerfallen sind, 350 g küchenfertige Sardinen, 2 El

Rosinen, 2 El Pinienkerne und 40 g geröstete und gehackte Mandeln hinzufügen. 10 Minuten braten, dann den Fenchel und Safran nach Geschmack einstreuen. Pasta und Sardinenmischung in eine gefettete Form geben, mit Semmelbrösel bestreuen und im Ofen bei 220 Grad einige Minuten backen.

∽ SEEHECHT MIT ROSMARIN ∾

8 Sardellenfilets in 1 1/2 El Olivenöl anbraten, bis sie zerfallen sind. Mit der entstandenen Paste zwei kleine Seehechte innen und außen bestreichen. Anschließend die Fische in einer Mischung aus 4 El Semmelbrösel, 1 El feingehackter Petersilie, 1 Tl feingehacktem Rosmarin und Pfeffer wälzen. In einer mit Olivenöl bestrichenen Form bei 180 Grad 30 Minuten im Ofen backen.

∽ MANDELMILCH ∾

270 g Mandeln im Mörser zerstampfen und mit 1 Liter Wasser vermischen. Durch ein Tuch passieren und nach Belieben zuckern. Eisgekühlt servieren.

Don Franco sitzt im Speisesaal und läßt sich von Maddalena das Frühstück servieren. «Er hatte sich eine Serviette um den Hals gebunden und wirkte fröhlich und entspannt»:

⌁ Gebratener Käse ⌁

3 zerdrückte Knoblauchzehen in 2 El Olivenöl anbraten.
4 Scheiben Caciocavallo-Käse in die Pfanne legen und
von beiden Seiten scharf anbraten. Mit Pfeffer, Essig
und Oregano würzen.

*«Maddalena war fleißig gewesen. Mit flinken Händen
hatte sie das Kaninchenfleisch vorbereitet»:*

⌁ Kaninchenfleisch ⌁

Süß-saures Kaninchenragout ist ein sizilianischer
Klassiker: 1/2 Liter Rotwein mit einigen
Petersilienzweigen, 1 geviertelten Zwiebel, 1 Lorbeerblatt
und 1 Tl Pfefferkörner aufkochen, abkühlen lassen.
Darin das zerlegte Kaninchen 6 Stunden marinieren.
Fleisch abtupfen, salzen, pfeffern und mit Mehl
bestäuben, dann anbraten, herausnehmen.
1 grobgehackte Zwiebel, 2 geschnittene Stangen Sellerie,
1 gewürfelte Möhre sowie 1 El Kapern, 2 El Rosinen und
200 g entkernte grüne Oliven in dem Topf anbraten.
Kaninchenfleisch wieder dazugeben, mit 2 El Zucker
bestreuen und 50 ml Essig angießen. Marinade
dazugeben, 40 Minuten garkochen.

*«Ich übergoß nun meinerseits das Ziegenfleisch
mit reichlich Olivenöl»:*

ZIEGENFLEISCH

kann ganz einfach zubereitet werden: Ein Zicklein
zerlegen und zusammen mit ¹/2 kg Kartoffeln,
4 gewürfelten Schalotten, 2 gehackten Knoblauchzehen
und 100 g gewürfeltem Käse sowie 2 gehäuteten,
entkernten und gehackten Tomaten in einer mit
Olivenöl beträufelten Form 1 Stunde bei 200 Grad
schmoren.

*Während der Arbeit gerät Pistoux in eine regelrechte
Raserei, um den schrecklichen Anblick der Leiche in der
Küche zu verarbeiten:*

HÄHNCHEN

6 Sardellenfilets in Olivenöl erhitzen und eine Paste
daraus machen. 50 g frische Semmelbrösel, 50 g Butter,
eine Prise geriebenen Muskat und den Saft von
2 Zitronen mit der Sardellenpaste vermengen. Das
Hähnchen damit füllen, außen pfeffern und salzen und
im Ofen 1 ¹/2 Stunden bei 200 Grad garen. Ab und zu
mit Marsalawein übergießen.

AGNEDDU AGGLASSATU

1 gehackte Zwiebel in 2 El Olivenöl andünsten,
Speckwürfel hinzufügen, dann 1 kg Lammfleisch
dazugeben und anbraten. 1 Glas Rotwein angießen. 1 El
gehackte Petersilie, 2 gehackte Knoblauchzehen sowie

Pfeffer und Salz hinzugeben. 250 ml Fleischbrühe
darübergießen, abdecken und 45 Minuten garen.
800 g gewürfelte Kartoffeln dazugeben und weiter
30 Minuten köcheln lassen. 100 g geriebenen
Caciocavallo-Käse unterrühren.

*«Wir hatten großartige Arbeit geleistet. Und endlich
einmal wieder hatte ich mich an meinem Arbeitsplatz
austoben können. Ich war zufrieden»:*

ZITRONENCREME

von den Sizilianern auch «Biancomangiare» genannt:
125 g Zucker mit 125 g Mehl und der geriebenen Schale
von 1 Zitrone vermengen und 1 L Milch einrühren.
Weiter rühren und allmählich erhitzen, aufkochen
lassen und vom Herd ziehen. Die Crème in eine runde
Form gießen und kalt stellen. Stürzen und mit
geriebener Zitronenschale dekorieren.

*«Ach! Ich hätte so gern noch einmal eine Mandeleiscrème
gegessen wie damals in Palermo», ruft die gefangene Gräfin
schwärmerisch aus:*

∴ Mandeleiscrème ∾

1 Liter Milch mit 1 Vanillestange und 100 g Orangenblütenhonig erhitzen. 6 Eigelb schaumig schlagen und in die Milch einrühren. 250 g geröstete und gehackte Mandeln hinzufügen. So lange köcheln lassen, bis die Masse cremig wird. Vom Herd ziehen und während des Abkühlens mit dem Schneebesen rühren. In der Eismaschine gefrieren. Mit geraspelter Bitterschokolade servieren.

Charlotte Sophie lobt die kleinen Küchlein, die Pistoux gebacken hat. Der Koch legt Wert auf die Feststellung, daß er nicht Bäcker, sondern Pâtissier ist:

∴ Mazarisi ∾

12 Puddingförmchen mit Butter fetten und mit Mehl bestäuben. 200 g gehäutete Pistazienkerne mit 200 g Zucker und 1 Prise Salz im Mörser zerkleinern. 4 Eigelb und geriebene Schale von 1 Orange in die Masse einarbeiten. 4 Eiweiß steif schlagen und zusammen mit 50 g Mehl unterheben. In die Puddingförmchen füllen und bei 160 Grad im Ofen 20 Minuten backen. Stürzen und kalt werden lassen.

Am Lagerfeuer kostet Pistoux von einer sehr scharfen Bohnensuppe und hat eine Idee:

↭ Maccu di Favi ↮

300 g getrocknete dicke Bohnen in 1 1/2 Liter Wasser
3 Stunden köcheln lassen. Nach Hälfte der Garzeit
1 Bund grob gehackten wilden Fenchel und eine
feingehackte Chilischote hinzufügen. Nach 2 Stunden
lassen sich die Bohnen zerdrücken, und die Suppe wird
dickflüssig. Geröstete Brotscheiben in Suppenteller
legen, mit Olivenöl beträufeln und die Suppe
darübergeben.

«Ntoni blickte zu einer Hütte, die, wie ich bemerkt hatte, als Vorratsraum benutzt wurde: ‹Stockfisch. Wir haben Stockfisch›»:

↭ Piscistuocco a Ghiotta ↮

Für dieses Stockfisch-Ragout werden 750 g Stockfisch
12 Stunden lang gewässert. Anschließend entgräten und
in Stücke schneiden. In einer Kasserolle
1 feingehackte Zwiebel und 1 zerdrückte Knoblauchzehe
andünsten. Fischstücke mit Mehl bestäuben und
anbraten. Salzen und pfeffern. 500 g Tomatenwürfel
hinzufügen und soviel heißes Wasser, daß der Fisch
gerade bedeckt ist. 45 Minuten köcheln lassen, dann
500 g gewürfelte Kartoffeln und zwei in Scheiben
geschnittene Birnen sowie 150 g grüne Oliven, 2 Stangen
kleingeschnittenen Sellerie, 2 El Kapern, 2 El
Pinienkerne und 2 El Rosinen dazugeben. Weitere
40 Minuten garen.

*Die Banditen in den Bergen wollen ein großes Fest feiern.
Jacques Pistoux bereitet ein großes Bankett unter freiem
Himmel vor und verfolgt dabei einen listigen Plan:*

∻ KICHERERBSENMEHL ∻

läßt sich vorzüglich zu herzhaften kleinen Küchlein
verarbeiten: 400 g Kichererbsenmehl und 1 ½ Liter
Wasser zu einer dickflüssigen Masse verarbeiten, salzen
und unter Rühren 30 Minuten kochen. Gehackte
Petersilie hinzufügen und den Brei dünn auf ein
Backblech streichen, erkalten lassen und in Stücke
schneiden. Fritieren und heiß servieren.

∻ GEFÜLLTE TOMATEN ∻

10 Tomaten aushöhlen und mit Pfeffer und Salz würzen.
2 El Olivenöl in einer Pfanne erhitzen, darin 2
feingehackte Zwiebeln und 2 zerdrückte
Knoblauchzehen andünsten. Das Tomatenfruchtfleisch
dazugeben, 4 El Semmelbrösel, 10 gehackte schwarze
Oliven, 1 El Pinienkerne, 1 El Rosinen, 1 El Kapern
untermengen. Mischung in die Tomaten füllen und bei
180 Grad 30 Minuten im Ofen backen.

∻ HÜHNCHEN ODER KANINCHEN MIT 40 KNOBLAUCHZEHEN ∻

Sie benötigen pro Tier 40 ungeschälte, junge
Knoblauchzehen: 1 Huhn oder 1 Kaninchen salzen, mit
Thymian, Rosmarin Salbei, 4 Knoblauchzehen und

1 Bund Petersilie füllen. Das Tier in einen Tontopf geben und mit weiteren Zweigen von Thymian, Rosmarin, Salbei und Petersilie umlegen. Dann die restlichen 36 Knoblauchzehen dazugeben und das Tier mit Olivenöl überziehen. Abdecken und 1 1/2 Stunden backen. Mit geröstetem Brot servieren, auf das der zartgegarte Knoblauch gestrichen wird, den man nach Belieben mit grobem Meersalz bestreut.

༺ Ziegenragout mit Oliven ༻

1 kg Ziegenfleisch in eine Kasserolle legen und mit 50 ml Olivenöl beträufeln. Salzen, pfeffern. Schwarze Oliven hinzufügen. Mit 200 ml Rotwein übergießen und bei 180 Grad ungefähr 1 Stunde im Ofen garen. Ab und zu mit Wein übergießen.

༺ Zabaione ༻

5 Eigelb und 1 Vollei werden mit 2 El Zucker schaumig geschlagen, dann in einem heißen Wasserbad mit 1/2 Tasse Marsala dickflüssig geschlagen und in Dessertschälchen serviert.

༺ Rum Baba ༻

125 g Rosinen über Nacht in 200 ml Rum einweichen. Aus 80 g Mehl und 15 g Hefe und etwas lauwarmem Wasser einen Vorteig anrühren. 1 Stunde gehen lassen. Weitere 170 g Mehl, 3 Eier, 30 g Zucker und 1 Prise Salz dazugeben und verkneten. Die Rosinen und

100 g warme Butter einarbeiten. 30 Minuten gehen
lassen. In Portionsförmchen füllen, nochmal gehen
lassen und dann bei 200 Grad 20 Minuten backen. In
der Zwischenzeit 500 g Zucker mit 1 Liter Wasser,
1 Vanilleschote und den Schalen von 1 Zitrone und
1 Orange zu Sirup kochen. 125 ml Rum dazugießen.
Wenn die Babas fertig sind, werden sie mit dem
Rumsirup getränkt und mit Sahne oder Früchten
dekoriert.

∹ Pizza ∻

Die Sizilianer lieben diese herzhafte Variante: Hefeteig
ausrollen, mit Olivenöl beträufeln und mit Salz
bestreuen. Zwiebelscheiben, Sardellenfilets,
Caciocavallo oder Pecorino, eventuell Tomatenwürfel
darauf verteilen, mit Oregano würzen und bei 250 Grad
20 Minuten backen.

«Die Sardelle hat mehr Verstand als ein Thunfisch.»
Sizlianisches Sprichwort

Über die Autorin: Virginia Doyle, Mitte 30, ist das Pseudonym einer mehrfach ausgezeichneten Krimiautorin. Sie lebt nach einer Lehrzeit in einem Hotel an der Côte d'Azur und einer Ausbildung zur Sommelière in einem Londoner Restaurant mittlerweile in Maidstone (Grafschaft Kent), wo sie sich ganz dem Schreiben und der Corgi-Zucht hingibt.

«Das Blut des Sizilianers» ist ihr dritter Roman um den Meisterkoch und Amateurdetektiv Jacques.

Serientäter

Kenneth Abel
Köder am Haken
(thriller 43245)

Die Mauer des Schweigens
(thriller 43276)

Meschugge *Der Roman zum Film von Dani Levy und Maria Schrader*
(thriller 43363)
In der Kleinstadt Hameln brennt eine Schokoladenfabrik ab. Brandstiftung. Der jüdische Eigentümer entkommt knapp dem Tod. – New York City. Die Mutter von David Fish, hat in der Zeitung das Bild des Schokoladenfabrikanten gesehen und ihren todgeglaubten Vater erkannt. Kurz darauf wird sie ermordet ...

John Baker
Ins offene Messer
(thriller 43259)

Tiefschlag
(thriller 43307)
Die Bodybuilder Ben und Gog entführen arglose Kinder, die ein trauriges Schicksal erwartet. Sam Turner – seit elf Monaten trocken und genauso lange Privatdetektiv – kann der Sippe das Handwerk legen. Leider hat er dabei die Rechnung ohne die Mafia gemacht ...

Voll erwischt
(thriller 43260)
«Ein hinreißendes und lustiges Märchen.»
Times Literary Supplement

Robert Crais
Falsches Spiel in L.A.
(thriller 43299)
Susan Martin war der gesellschaftliche Mittelpunkt in L. A. und die Frau des Topmanagers «Teddy». Sie wurde brutal mit einem Hammer erschlagen, und das Motiv scheint glasklar: Susan wollte sich scheidenlassen ...

Im freien Fall
(thriller 43309)

Kidnapping
(thriller 43301)

Die Rache der Samurai
(thriller 43302)

Schmutzige Geschäfte
(thriller 43310)

rororo thriller

rororo thriller werden herausgegeben von Bernd Jost. Ein Gesamtverzeichnis aller lieferbaren Titel finden Sie in der *Rowohlt Revue*. Vierteljährlich neu. Kostenlos in Ihrer Buchhandlung. Rowohlt im Internet:

Colin Dexter

«Dexter ist allen anderen Autoren meilenweit voraus.»
The Literary Review

Ihr Fall, Inspector Morse
Stories
(thriller 43148)
«Seit Sherlock Holmes gibt es in der englischen Kriminalliteratur keine interessantere Figur als Chief Inspector Morse ...»
Süddeutsche Zeitung

Der letzte Bus nach Woodstock
(thriller 43142)

... wurde sie zuletzt gesehen
(thriller 43156)

Die schweigende Welt des Nicholas Quinn
(thriller 43263)

Eine Messe für all die Toten
(thriller 43173)
Ausgezeichnet mit dem Silver Dagger der britischen Crime Writers' Association.

Die Toten von Jericho
(thriller 43242)
Ausgezeichnet mit dem Silver Dagger der britischen Crime Writers' Association.

Das Rätsel der dritten Meile
(thriller 42806)
«... brillant, komisch, bizarr und glänzend geschrieben.»
Südwestpresse

Hüte dich vor Maskeraden
(thriller 43239)
«Ein intelligenter Krimi zum Mit-Denken. So etwas ist selten.»
Frankfurter Rundschau

Mord am Oxford-Kanal
(thriller 42960)
Ausgezeichnet mit dem Gold Dagger der britischen Crime Writers' Association.

Tod für Don Juan
(thriller 43041)

Finstere Gründe
(thriller 43100)
Ausgezeichnet mit dem Gold Dagger der britischen Crime Writers' Association.

Die Leiche am Fluß
(thriller 43189)
«... ganz vorzüglich.»
Süddeutsche Zeitung

Der Tod ist mein Nachbar
(thriller 43278)
«... ein weiteres listig-verschlungen konstruiertes Kriminalrätsel aus der meisterlichen Hand von Colin Dexter.»
The New York Times Book Review

rororo thriller

3005/8

Wolf Haas

Wolf Haas wurde 1960 in Maria Alm am Steinernen Meer geboren. Nach Abschluß seines Linguistik-Studiums arbeitete er zwei Jahre als Uni-Lektor in Swansea (Südwales). Seit 1990 lebt er in Wien.

Auferstehung der Toten
(thriller 43244)

Komm, süßer Tod
(thriller 43287)
Privatdetektiv Brenner hat die Migräneattacken bei unübersichtlichen Fällen satt: Er fängt in Wien bei den Rettungssanitätern, den Kreuzrettern, an. Doch seine neuen Kollegen haben ein Problem: Der Rettungsbund schnappt ihnen neuerdings die Verletzten von der Straße weg. Der Chef der Kreuzretterfamilie hat den Verdacht, daß die Konkurrenz den Funk abhört, und schleust Brenner bei den Rettungsbündlern ein.
Ausgezeichnet mit dem Deutschen Krimi-Preis 1999.
«Soviel Spaß, Weisheit und Spannung um einen wohlfeilen Preis, das gibt's normal gar nicht.»
Der Standard

Ausgebremst *Best of Foul Play*
(thriller 43325)
Steckt Michael Schumacher hinter dem Tod des legendären Formel-1-Piloten Ayrton Senna? Ein Fanartikel-Händler glaubt fest an dieses Gerücht. Welche Rolle spielt dabei Mercedes-Benz? Und was hat es mit dem mysteriösen Crash von Niki Lauda auf sich?

Silentium!
(thriller 43346)
Der Salzburger Klerus beauftragt Privatdetektiv Brenner mit der Aufklärung eines Mordes in einen katholischen Jungeninternat.
«Komischer war der Krimi nie, intelligenter nur selten. Weshalb auch Thomas Bernhard sicher von irgendwoher zuschaut und sich totlacht.»
Die Woche

Der Knochenmann
(thriller 43258)
«... ein Muß für alle, die da süchtig sind nach vielversprechenden Talenten.»
Die Welt

rororo thriller

Ein Gesamtverzeichnis aller lieferbaren Titel der Reihe *rororo thriller* finden Sie in der **Rowohlt Revue**. Vierteljährlich neu. Kostenlos in Ihrer Buchhandlung.

Rowohlt im Internet:
www.rororo.de

Philip Kerr

Philip Kerr wurde 1956 in Edinburgh geboren und lebt heute in London. Er hat den Ruf, einer der ideenreichsten und intelligentesten Thrillerautoren der Gegenwart zu sein. Für seinen Roman «Das Wittgensteinprogramm» erhielt er den Deutschen Krimi-Preis 1995, für seinen High-Tech Thriller «Game over» den Deutschen Krimi-Preis 1997.

«Philip Kerr schreibt die intelligentesten Thriller seit Jahren.» *Kirkus Review*

Das Wittgensteinprogramm
Ein Thriller
Deutsch von Peter Weber-Schäfer
416 Seiten. Gebunden
(Wunderlich Verlag und als rororo thriller 43229)

Gesetze der Gier
(rororo thriller 43133)
«Die überaus authentische Geschichte entwickelt sich zu einer Chandler-Version von Turgenjew: witzig, grimmig, kenntnisreich und präzise.» *Ruth Rendell*

Feuer in Berlin
(rororo thriller 43164)

Alte Freunde - neue Feinde *Ein Fall für Bernhard Gunther*
(rororo thriller 43163)

Im Sog der dunklen Mächte *Ein Fall für Bernhard Gunther*
(rororo thriller 43165)
«Ein kantiger, subversiver Held vor einem kraftvoll gestalteten geschichtlichen Hintergrund: Kerr liefert das Beste.» *Literary Review*

Game over *Thriller*
Deutsch von Peter Weber-Schäfer
496 Seiten. Gebunden
Wunderlich und als rororo 22400
Ein High-Tech-Hochhaus in Los Angeles wird zur tödlichen Falle, als der Zentralcomputer plötzlich verrückt spielt. Mit dem ersten Toten beginnt für die Yu Corporation ein Alptraum.
«Brillant und sargschwarz.» *Wiener*

Esau *Thriller*
Deutsch von Peter Weber-Schäfer
512 Seiten. Gebunden
Wunderlich und als Wunderlich Taschenbuch 26083

Der Plan *Thriller*
Deutsch von Cornelia Holfelder- von der Tann
416 Seiten. Gebunden. Wunderlich

Rowohlt im Internet:
www.rowohlt.de

rororo thriller

Klugmann / Mathews

«Da werden endlich wieder Geschichten erzählt, die so intelligent und spannend sind, die zum Zittern und Lachen bringen. Allererste Empfehlung: die subtil anarchistischen Polizeikomödien der beiden Hamburger Norbert Klugmann & Peter Mathews.»
Lui

Beule & Co
Beule oder Wie man einen Tresor knackt. Ein Kommissar für alle Fälle. Flieg, Adler Kühn
(thriller 43101)
Die Helden des Autorenduos scheinen auf den ersten Blick wenig perfekt. Sie haben Probleme mit Frauen, mit sich selbst und mit ihrer Kondition. Eigentlich sind sie ganz selten richtige Helden ...

Die Schädiger. Tote Hilfe
Zwei Krimikomödien
(thriller 43275)
«Witzig und spannend» (*Süddeutsche Zeitung*) ist der häufigste Kommentar zu diesen etwas anderen Krimis. Zwei Geschichten um den ewigen Loser Rochus Rose und die Jungs von der alternativen Tankstelle.

Vorübergehend verstorben
Roman
(thriller 43306)
Die Männer sind alle Verbrecher, ihr Herz ist ein finsteres Loch... Die Anwältin Luise Rubato fährt lieber in die Grube, als der Moral der Männer zu erliegen.

Norbert Klugmann
Treibschlag *Ein Fall für den Sportreporter*
(thriller 43238)

Zielschuß *Ein Fall für den Sportreporter*
(thriller 43241)

Doppelfehler *Ein Fall für den Sportreporter*
(thriller 43228)

Schweinebande
(thriller 43175)

Tour der Leiden *Best of Foul Play*
(rororo 43324)

«**Norbert Klugmann** legt ein wahnsinniges Tempo vor und ihm fließen mitunter Dialoge aus der Feder, gegen die hochgerühmte amerikanische Kollegen die reinsten Langweiler sind.» *Süddeutscher Rundfunk*

Ein Gesamtverzeichnis der Reihe *rororo thriller* finden Sie in der *Rowohlt Revue*. Vierteljährlich neu. Kostenlos in Ihrer Buchhandlung.

Robert B. Parker, 1932 in Springfield, Massachusetts, geboren, studierte an der Boston University, wo er 1957 den M. A. machte und 1971 zum Ph. D. promovierte. Bis 1979 unterrichtete er als Professor für Literatur in Boston. Sein "Private Eye Spenser" ist mittlerweile in über zwanzig Romanen ermittlerisch tätig und avancierte auch in Deutschland zum TV-Serien-Star. Robert B. Parker lebt mit seiner Frau in Boston.

Robert B. Parker
Brutale Wahrheit *Ein Fall für Spenser*
(thriller 43233)
Der Bostoner Polizist Frank Belson beauftragt seinen Freund Spenser, seine Ehefrau Lisa zu suchen, die spurlos verschwunden ist. Kurz darauf wird Belson angeschossen und schwer verletzt ...

Letzte Chance in Las Vegas *Ein Fall für Spenser*
(thriller 43280)
«Witzig-ironisch mit ernstem Hintergrund.»
Frankfurter Rundschau

Der graue Mann *Ein Fall für Spenser*
(thriller 43289)
Ellis Alves ist mehrfach wegen Vergewaltigung vorbestraft. Und er ist schwarz. Als man nach dem Mörder eines weißen College-Girls sucht, ist Alves deshalb der ideale Kandidat ...

Auf eigene Rechnung *Ein Fall für Spenser*
(thriller 43311)
Als sich Privatdetektiv Spenser weigert, den Aufenthaltsort der von einer Midlife-Crisis gebeutelten Frau des Immobilienmaklers preiszugeben, feuert dieser ihn kurzerhand. Aber das ist nur der harmlose Auftakt zu einer Geschichte, in der es bald nicht mehr nur um Ehestreitigkeiten geht ...

Das dunkle Paradies
(thriller 43318)
Der Cop Jesse Stone macht Schluß mit seinem kaputten Leben in L. A. und versucht als Chief of Police in dem Kaff Paradise bei Boston einen neuen Anfang. Er merkt zu spät, daß es sich bei der verschlafen-biederen Kleinstadt um eine wahre Schlangengrube handelt, die schon seinen Vorgänger das Leben gekostet hat ...-

Janwillem van de Wetering

«Seine Helden sind eigensinnig wie Maigret, verrückt wie die Marx Brothers und grenzenlos melancholisch: Der holländische Krimiautor **Janwillem van de Wetering**, der mitten in den einsamen Wäldern des US-Bundesstaats Maine lebt, schreibt mörderische Romane als philosophische Traktate.»
Die Zeit

Eine Auswahl der thriller von Janwillem van de Wetering:

Ketchup, Karate und die Folgen
(thriller 42601)
«... ein hochkarätiger Cocktail aus Spannung und Witz, aus einfühlsamen Charakterstudien und dreisten Persiflagen.»
Norddeutscher Rundfunk

Habgier
(thriller 43332)

Der Schmetterlingsjäger
(thriller 42646)

So etwas passiert doch nicht!
Stories
(thriller 42915)

Ticket nach Tokio
(thriller 42483)
«Dieses Taschenbuch macht süchtig: nach weiteren Krimis von Janwillem van de Wetering und nach Japan.»
Südwestfunk

Sonne, Sand und coole Killer
Erzählungen aus dem Reisetagebuch eines Schriftstellers
(thriller 43129)

Janwillem van de Wetering (Hg.)
Totenkopf und Kimono
Japanische Kriminalstories 2
(thriller 43062)

Blut in der Morgenröte
Japanische Kriminalstories 3
(thriller 43075)

Janwillem van de Wetering u. a.
Eine Leiche zum Geburtstag
Stories für blutrünstige Leser
(thriller 43273)
Bloody Bunny *Österliches für blutrünstige Leser*
(thriller 43161)

rororo thriller werden herausgegeben von Bernd Jost. Ein Gesamtverzeichnis der Reihe und aller lieferbaren Titel von **Janwillem van de Wetering** finden Sie in der *Rowohlt Revue*. Vierteljährlich neu. Kostenlos in Ihrer Buchhandlung.